伤痛

生命的升华

陈清莲 著

上海文艺出版社

图书在版编目（CIP）数据

伤痛：生命的升华 / 陈清莲著. — 上海：上海文
艺出版社，2024. — ISBN 978-7-5321-9090-4

Ⅰ．I217.2

中国国家版本馆CIP数据核字第2024RG2182号

发 行 人：毕胜
责任编辑：陈蔡
封面设计：张克瑶
封面绘画：曾钰

书　　名：伤痛：生命的升华
作　　者：陈清莲
出　　版：上海世纪出版集团　上海文艺出版社
地　　址：上海市闵行区号景路 159 弄 A 座 2 楼　201101
印　　刷：江苏图美云印刷科技有限公司
开　　本：889mm×1194mm 1/32
印　　张：7.25
字　　数：50,000
印　　次：2024年10月第1版　2024年10月第1次印刷
Ｉ Ｓ Ｂ Ｎ：978-7-5321-9090-4/I.7150
定　　价：68.00 元

内容简介

诗集内容由四部分构成：从前的幸福人生；直至遭遇丈夫去世及合伙人侵财的人生两重灾难；在痛苦中寻求新的生命通道，崩溃爆发之际抓住了精神的"天火——写诗"而奋起；在痛苦绝望中涅槃重生……

第一部分："明朗的天空"。回忆自己与丈夫之间的温馨幸福，彼此陪伴，对海而唱，记载了丈夫在身边时的一切美好，即使遇到任何困难都能迎刃而解。

第二部分："痛苦的深渊"。当灾难降临，痛苦与绝望袭来！从《挣扎（一）》到《挣扎（三）》的沥血实录！思念之痛及自己的抑郁状态，内心深处在呼唤着自己醒来，顽强面对残酷的现实！

第三部分："寻找心灵的天火"。揭示几十年的合作伙伴在丈夫去世后侵吞共同资产！记录自己与对手残酷的斗争过程……绝望之际抓住了心灵的"天火——写诗"而奋起，在诗里寻找力量与自我；被诗歌平静了心绪，逐渐走出痛苦的迷局。

第四部分："复活——我不再是我"。痛苦中寄情于诗，无奈于人生的无常，快乐与痛苦并存。勇敢面对痛苦并在痛苦中升华！最后，破碎的灵魂，伤痕累累的自己，决定以新的生命姿态坚强地去拥抱世界。

2024.06.12

作者简介

陈清莲

诗人，投资人。

广东湛江人，童年挨过饥饿，青年打过工，20 世纪 90 年代初投身珠海西区开发建设并与丈夫相识结婚，家庭幸福美满。1999 年 4 月下海创业，并于 2004 年至 2011 年间创立西餐厅连锁品牌，2013 年获得澳门城市大学工商管理硕士学位。

2019 年年底，丈夫突然离世，经历最残忍的悲痛之余又遭遇合伙人暗算吞财卷款。面对失去挚爱的绝望抑郁与合伙人卷财的精神猎杀，在双重重击下通过写诗重获治愈与新生，在爱、憎、苦、难里独自修行，以诗文悟道，在痛苦绝望的刀尖上寻求生命通道，重塑支离破碎的灵魂与全新的自己。

序　言

　　当我读完这本诗集后，我觉得此诗集是作者描述的一个过程，这个过程是一个痛苦的过程，又是一个转化的过程，最终是得到升华的过程，从而颠覆了我对某些事物、事态变化的认知。

　　这本诗集的关键点是"作者换了人生，得到了升华"，通过这本诗集反映了作者升华的过程。这本书的价值在哪里？在于人类的人生永远是祸与福并行，欢乐与悲伤同存，痛苦与奋发一起，人生的两大选择，要么沉没，要么浮起。同时，这本书告诉年轻人初入社会不要对社会看得过分简单和幼稚，认为自己的人生永远充满阳光，要有思想准备去应对千变万化，面对可能出现的问题；告诉中年人在沉重的家庭生活、工作事业、内外压力之下，怎么坚忍不拔地去应对困难，怎么去奋发前进；告诉老年人如何回顾自己的人生，检验自己的人生，在晚年再放射出光芒。这些就是这本诗集的核心点和精神所在。

　　同时，这本诗集记载了作者风华正茂、年富力强之时，遇到了生命中的两大灾难。爱人的去世，合作伙伴的背叛，生活突然由明朗、光明、充满希望，进入到痛苦的深渊中。在这个黑暗痛苦的过程中，她思考、探索、徘徊、犹豫，想找到自己新的道路和生命。偶然的机遇，她抓住了古希腊神话中"天火"这个概念，从此走向转换的过程，那就是通过诗的创作，呼唤起她的觉醒。在进行诗的创作的过程中，她达到了升华，最终变成了另外一个人，换了人间。在她的生命过程中，比如起步创业时，有很多的痛苦，她付出了很多的时间和精力去学习、去听讲，才得到了转化和提升。从这个实际角度来看，变化只是生命的一个组成部分。而在她的人生道路上有两重世界，即物质的生理性世界和精神的艺术性世界。诗是一个艺术的产品，它本身是精神世界的一个引导，引导她走向精神世界。诗改造了她,诗的创作让她获得了一个新的生命世界,得到了生命的升华。更重要的是她的精神世界变了,她把物质的生理性世界和精神的艺术性世界从现实中描述了出来。更可贵的是,她证明了人活在精神世界里,人的真正世界不是物质世界。

读到这里,大家一定想了解这位作者是怎样的一个人。陈清莲女士是这本诗集的作者,是一位创业者,她是广东湛江人,至今在广东省开拓不同的投资产业公司,也有不小的成就。

序之源起,壬寅桂秋,西安朝华管理科学研究院院长单元庄教授之微信:直勇,因为我近期忙于书稿和重要的讲座,很多事无暇旁顾。最近,我的一位十多年前在珠海带的 EMBA,是位商界女强人,其悟性超出一般人,多年来对自由体诗很感兴趣,整理了两百首左右自己的自由体诗,请我找人帮助修改。她的诗很有激情,思想很敏锐,情感很丰富,使用的语言也相对的比较激越,充满感情。她希望能获得指导,我想请你帮助她修改,帮助她把这些诗推出去,并能够正式出版。

当我在写这篇序言和点评作者之诗时,提出了一些写诗的难度和评诗的标准以及个人的观点。诗是真、善、美的文学体现和表达形式,是中华民族精神和文学的传承。诗歌的产生从春秋时期到今天,已经成为自我用来表达思想、记实、记事等的工具。最根本的问题是,用真、善、美来陶冶人生、升华人生。

诗的创作不同于散文、小说,不是一般的写作。韵律、对仗、平仄关系、文学基础,以及作者思想所表达的内在情感,这些都是与作者的素质和修养以及人生阅历、对事理的敏锐性和洞察力紧密相连的。叙事抒情、结构清晰、语言精简、意境深远,留给读者以想象空间。诗可以言志,寓情,启思,明理,记实,预兆,辩驳,升华。这些对一个初学者来说,是严峻挑战,尤其是想创作出脍炙人口的臻品,更是难上加难。作者能创作出这本诗集,虽然不能与专业的大咖相提并论,但可以看出她的不易,也足以让人刮目相看。

时至癸卯夷则,作者历经一年多的勤励奋勉,不断提升,反复多次推敲,初显诗集成形。结合诗集的四大部分和一百多首诗来看,其诗集的文体形式多样,诗集的韵脚是按汉语拼音基本规定的音韵,而不是按传统106个韵部的平水韵。作者以这样的现代诗为主体,展现了叙事诗和抒情诗。诗集的文体活力四射,穿插了部分绝句和七律,打破了诗集的平铺直叙,使整本诗集在形式上形成了抑扬顿挫、波澜壮阔之美。特别值得提出的是在目录安排顺序和谋篇布局上的独具一格,其合理安排打破了按时间顺序排列的常规,而是把时间和类别相结合融为一体,把目录的四大篇幅展现得非常灵动,让人赏心悦目。翻开书的第一部分,就像推窗见月一样,豁然开朗,如清新扑鼻的明朗天空,诠释了作者的家庭生活、爱情生活和创业过程。作者把这部分放在首要位置,把美好生活展现得绚丽多彩,让人感觉开书便有一种舒适、平和、轻松、喜悦之心情。其美好的时光并不长久,痛苦的深渊紧接着而来,那么第二部分主要描述了作者跌落谷底后度日如年的过程。这样安排也是为了阐述诗集的第二个过程,即人生总有一些不如意的事,是如何开始下跌的。祸福相存,人不可能老处在低谷,由于作者的个性和精神所在,从而寻找到了心灵的"天火",接着第三部分主要描述了偶然的选择让作者心情愉悦、眼前一亮。作者这样安排是为了让目录整体塑成一种波浪起伏之势,使这本书有灵动气息、柔和之美。功夫不负有心人,春天终于来临:复活——我不再是我。第四部分点明了主题思想,通过大海巨浪的洗礼,作者进入了新的境界,生活豁然明朗,哲理升华。

　　作者这样巧妙地安排目录顺序,使读者感受到这本诗集的脉络,不仅体现了诗是具有生命力的写照,而且使目录顺序也具有了生命力的体现,让读者在目录中对整本诗集的内容和结构特点一目了然,使读者从目录中了解到作者对整本诗集所产生的情感变化及波浪起伏的感慨过程,从而更好地引导读者有选择性地去读什么是价值、什么是友谊、责任如何去承担、爱情的价值观是什么,使整本诗集巧妙地构成一个连贯性的综合体,体现了这是一本具有生命力的诗集。

当我看到《伤痛:生命的升华》这个书名时,便觉得书名之高雅具有艺术韵味,清楚地把核心表达了出来。这里包含了很多的生命,如诗的生命、人的生命,还有一个从伤痛升华的生命。在这个生命过程中,伤痛与升华之间增加了一座桥梁。升华说明了生命的转变,说明作者往高处提高,这个提高的过程正是转换的过程。这个过程以伤痛为起点,转换了,感悟了,升华了。这个书名给予了读者鼓励,给有些迷茫的年轻人指明了方向,使那些因伤痛而躺平的人奋发向上,给那些因压力大而伤痛的人以启迪和思考,让社会上所有伤痛着的人都能见到驶向光明的大船。

读其诗而知其人,言于心声,行于心表。作者之诗,体现了如何面对世态变化,彰显其思维敏锐、情感丰富的世界观,直视其困难时独立自主、勇于挑战、顽强拼搏的女汉子性格,以及在兄弟、姐妹、朋友面前敢于担当、乐于助人的心灵之善美。通过诗集,可以读懂"纯洁与执着"的爱情在作者笔下的烙印,书写着她真诚、负责任的价值观,同时也让人体会到她千里之行始于足下,不断提升、不断努力的学习精神。从诗中所展现出来的作者的心态,既有沉锚效应、稳如泰山,亦有万马奔腾、一泻千里。作者曾经的阳光灿烂、家庭温馨、事业光明等,随丈夫逝去而失去,她却不肯接受这一现实!在公司所有资产被合作者吞占转移后,她痛不欲生!但此刻,她抓住了精神稻草与精神武器——诗,她如火一般地燃烧起来了!

从写作的过程中可以看出作者耗费了大量的时间,熬过了多少个艰难的不眠之夜。她从极度的低谷、烦恼、痛苦、悲伤、绝望、愤恨、怒火的矛盾中走出来,寻找到新的精神寄托,挖掘出自己的灵魂所在,展现出历经磨难的风雨过程,使她的心灵得到升华,使她的意志更加坚定,在生活中更加勇于担当。作者在一种特殊的境界中找到了精神支柱,从而借助于中国优秀的传统诗词文化把内心的世界宣泄出来,不仅是情感,而且有灵魂的表达。最终,作者走进了阳光、明媚、开朗、活泼的现时生活状态中。

诗集中有很多关于海的诗,如《海叹》这首,作者首先描写了宽广而柔美的海风,然后结合自己内心深处的伤心、黑暗、凄凉,让自己借助海的力量与胸怀,随着海风吹拂苏醒过来。"让心绪去飞翔""拍打着生命的坚强"这些句子,阐明了海在提醒她,催促她面对一切。同时,也可以断定作者从海中获得了力量,海在她心中的价值,给了她前进的方向,最终成就这本诗集和她最美好的时光。海的宁静让她遇事而不惊,海的汹涌让她学会了如何驾驭痛苦与烦恼。海的胸怀,时而平静、宽广,时而暴怒如狮、急如雷电、滔滔翻滚、激情澎湃,给了作者不容忍邪恶、敢于斗争的女汉子精神和一种内在的不屈的无限力量。

还有很多与音乐有关的诗,如《音乐呼唤》这首诗,巧妙地运用了"呼唤"二字,通过听音乐而悟出了很多道理,生命必须要延续,她不能就这么倒下,因为对家人和事业还有未尽的责任。从这里,我们看到了作者临躁能静的控制力和领悟力,体现了以音乐创诗能启思、明理、升华的道理,也能看到作者通过音乐战胜孤独与寂寞,从而让灵魂与音乐的对话成为这首诗的眼,抒发出作者内心的情感。

《重拾坚定》这两首诗描写了作者与单元庄教授的对话,通过单教授的开导,扭转了她人生的方向,使她有了更加坚定的力量,再次去展翅翱翔,使她进一步在诗的灵魂上有了生命的影像。作者把这两首诗写出来,一方面体现了她牢记感恩之心,尊重知识,尊重导师;另一方面也体现了单教授严传身教,如何鞭策她从"过于自由"的诗转变到"真挚感人"这个飞跃的过程;同时,作者把这些对话整理出来,可以看出她内心细致、学习用心,具有对知识渴望而勤奋好学的精神。

《离别》这首诗,作者通过身影、斜阳、晚霞、园扉这些词的组合来进一步表达相思之苦。如:"身影照斜墙",描写了她心里时刻思念丈夫,似乎墙上有丈夫身影存在的幻觉;"圆梦锁扉乡"则表达了她希望这种美好的爱情永远锁在这个园子里，"锁"字用得相当到位。整首诗是作者对爱情专一、执着、贞洁的体现，同时也体现了作者在写作能力上的升华，没有浮于表面，其写作时情出于心，泪出于情，思眷于恋，文源于生命，生命启发生活。

还有很多激情澎湃、个性十足、感人至深、启思明理的好诗，我就不再多做点评了，留给读者细细品味。作为一个评论者，虽然自身的阅历也不是很长，但十多年来我不断陶冶自我，用艺术升华自己。我认为作者的这本诗集，虽然由一个初学者创作，但是体现了她的灵魂和精神所在。其诗言简意赅、笔下生花，淋漓尽致地描写了如何面对挫折，战胜困难，从低谷走向成功，从沉默迈进畅谈等故事，无不激励着读者。作者的坚强毅力、魂魄之气概是引领其成功的标志之一。执着、豪迈、顽强、真诚也是承载着这位成功人士的重要元素。以文养德，文学润心，知识阔眼，都激励着我。这本诗集的核心点在于作者情绪变化、情怀寄托、心灵感悟的格局。作者用她的第一部作品初步展现了其品格与人格，同时又折射出时代的一种精神与需求。特别是在当下正本清源的新时期，我们要用新的精神来继承优良传统文化以抵挡污泥浊水。我认为，这本书的成功之处就在于这一点。当然，作者毕竟是一位初学者，她在遣词造句、节律把控、抑扬顿错、情感阐发上还有一段成长之路要走，还有一些不足之处要改进。

以上即是我对整本诗集的浅薄认识，不足之处敬请斧正。

唐直勇

2023.12.02

苦难与复活

——读陈清莲《伤痛：生命的升华》的人生感悟（代序）

佛说，人生就是一场苦难的修行，而苦难却是铸就辉煌的最佳原料。

清莲，一个女人，一个母亲，一个妻子，一个诗人，一个实干家，她的身上写满故事，充满传奇和诗意，她有纤细而敏感的触角，但更多的却是生命磨炼的妩媚沧桑和人性境界。她将生活和生命历程打磨成一部苦难与复活的诗集，让我们感受她的幸福、快乐、温馨、悲怆、痛苦、矛盾、冲突、绝望、希望、重生、复活……一段充满喜庆哀乐、曲折回转、跌宕起伏的心路历程。

最初，阿莲的人生与改革开放同步而行，勤劳奋斗的路上事业有成，家庭美满，生活幸福。然而，多舛的人生突遭灾难，顷刻滑落世俗漩涡，生命在黑白、进退、上下、生死、痛苦之间回旋辗转，生活考验着她的韧性。在苦难反噬的焦虑痛苦中，她终于选择了冷静、坚强、从容和淡定，毅然拿起写诗的笔，将生活不幸之伤痛升华为苦难的复活。这需要莫大的勇气和透彻的悟性。

在诗稿第一部分"明朗的天空"，阿莲与我们分享着她的精彩华章，人生成功圆满、生活衣食无忧、家庭温馨快乐。那些其乐融融的日子，天空晴朗、星光灿烂，宁静舒泰是她生活的原色。

然而，谁料天有不测之风云，俄顷之间，丈夫突然离世，家中徒然少了主心骨，甜蜜幸福戛然而止，天崩地裂般的痛楚、孤独凄凉的景象、长夜难寐的煎熬让她经历着命运最残忍的痛击。而此时又祸不单行，遭遇合伙人暗算，被吞卷财产。

人生打击接踵而来，最幸福时被灾难替换，最快乐时却遇寒冬，最辉煌时又被悲伤偷袭！灾难、意外、背叛，生活突然崩塌……幸福快乐远去，大起大落过山车般的压力和遭遇砸向这个看似柔弱且毫无心理准备的女人——

面对亲人逝去，该怎样振作起来？

面对戛然而止的幸福，该怎样重拾信心？

面对合伙人的暗算，该怎样捍卫自己的利益？

……

这时，人生的困境不期而至，苦难敲响命运之门，悲怆乐章猛然奏响。在诗稿第二部分，面对"痛苦的深渊"，我看到了一个焦虑、内疚、厌恶、痛苦、抑郁、失控、愤怒的阿莲，较之前恬静柔美的"她"，完全变成了另一个我不认识的"清莲"。多少个不眠的日日夜夜，想必阿莲的内心一定充满着无助、悲哀、恐惧、担忧和伤痕。

也许这是上天对她的考验，

用苦难来磨炼她的韧性，

以苦难激活她这场说来就来的诗意修行。

有人形容人生过程亦如莲花的不同花瓣，虽然都是"出淤泥而不染"，但每一片花瓣仍包含着它独自的成长经历。一朵美丽的莲花身上，每片花瓣都能解读出成长过程中的苦难信息，尤其是在经历那"出淤泥"的苦难时段。对阿莲来说，我坚信她的人生也如莲花般，每一片花瓣里一定隐含着某种玄机和天意，逼迫她静下来一读再读，嚼出苦难的味道，悟出苦难的诗意。

《红楼梦》里香菱说："诗的好处，有口里说不出来的意思，想去却是逼真的。有似乎无理的，想去竟是有理有情的。"痛定思痛之后，阿莲拿起了写诗的笔，口里说不出来的意思，苦难带来的有理无理的愤懑和情愫，通过诗句汩汩流淌……

诗人艾青说："每个日子所带给我们的启示、感受和激动，都在迫使诗人丰富地产生属于这时代的诗篇。……必须以最大的宽度献身给时代,领受每个日子的苦难……以自己诚挚的心沉浸在万人的悲欢、憎爱与愿望当中。"

此时此刻,以情悟道,以诗表意,写诗就是以诚挚的心沉浸于苦难、憎爱与愿望的修行中,这使阿莲找到了最好的自我疗愈路径,她通过一首接一首的诗文把自己活成了孤独而倔强的行吟者。

从心理疗愈的角度看,阿莲在自己后面的人生旅途中,以诗文悟道,以创作修身,苦难是人性升华的良药。

在诗稿的第三部分,阿莲以苦难为原料,用诗歌"寻找心灵的'天火'",重启生命的一场诗意修行。

这场诗意的修为是凝重的、痛苦的,要不断地反复咀嚼人生的苦难历程。她的诗词有对恶人不屈的抗争,有内心痛苦的呐喊,有玉石俱焚的冲动,有与恶魔斗争的决心,更有对逝者的怀念和温馨浪漫,也有失去爱后的内心煎熬和精疲力竭;总之,从诗词中可以读出阿莲人生的艰难蜕变……

任何美丽的造就,都意味着一场撼天动地的苦难。

沉浸于诗,超越于诗,纵览人生苦难画卷,谛听心灵歌唱,阿莲说"我手写我心,我心抒我诗,我诗传我意","我要说真话,写真事,抒真情,做真我!"诗词是她最真情实感的抒写。感悟生活,写出真"我",感人心者,莫先乎情,言为心声,以情动人,由真感人,由情动人,真情感人,实感动人,言贵情真,文贵有我。罗曼·罗兰说:"世界上只有一种真正的英雄主义,那就是在认清生活的真相后依然热爱生活。"什么是生活的真相? 生活的真相就是生活本身,它既包含了美好和喜悦,也包含了丑陋和苦难。

于阿莲而言,她在苦难中看清了生活的真相,依然热情地拥抱着生活,人生经历的苦难被她冶炼成生命之钙,并融化在她的诗词里,滋养了她的坚强,这让我很欣慰。

诗中的才气和智慧彰显着她的亦善亦侠亦从容,低首近观,亦远亦近,意在其中,亦诗亦画,恍若仙境。亦古亦今,亦真亦幻,亦庄亦谐,亦情亦思。诗的语言形式的背后是她的自我"内心世界"。"自是先生游物外,非关此地独超然",精神苦难伴随着主角的成长历程,她已然能够坦然直面生活之不幸,用诗文重新寻找一种生命的打开方式。

人生这场修行,在生命未到终结时就不会结束。面对失去亲人的悲痛抑郁,苦乐交织地描述着苦难,往事落落,人生苦短。但生命如莲,含泪的微笑,诗意的苦难,才是真正的修行,阿莲的成长与蜕变就是通过文字的行走开始她另一段人生的修行。

六祖惠能说过不能执着于有,也不能执着于空,不要以为一出家就万事大吉。六祖的教法最大的特点就是不逃避,尤其是不对"情"逃避,"情"虽为红尘,但也是修行路上的一个经历。大彻大悟之后,该担水的去担水,该砍柴的还是去砍柴,所谓"不异旧时人,只异旧时行履处"者也。

星云大师曾开示人生苦难修行的真谛:世间最大的力量是忍耐,苦难才是人生,做才是得到,人生就是放下,有舍才有得。人生中有很多重要的事可以举重若轻,自在、忍耐是一种智慧的福报。

纵观全书诗稿,阿莲以饱蘸深情的一百多首诗在苦难中复活,在诗意修行中涅槃,在等待、坚守和期待中传递希望,来一场以苦难为原料的自我救赎,这应该是阿莲从苦难修行的诗意中得到的重要启示。

为她祝福!

是为序。

陈南生

2024 年 4 月 30 日于象山书斋

前　言

这几年,我伫立在这座熟悉而悲伤的城市中,疏影烟浓,我时常在傍晚,于夕阳下的珠江边漫步,去追寻那飞流如逝的江水,更激荡着人生的暗影与彷徨,如雪般心凉。然,回首过往,我尽避太多的苦涩融进了昨日的犁铧,尽避太多的忧伤充斥着心灵,尽避太多的无奈写在脸上,尽避太多的伤痛刻印在心头……看着蜿蜒曲折的丛林沟壑,深浅迂回的江边小道,黯然感伤着花开花落的季节,如今只剩下苍凉与悔恨!

我和丈夫共同在商海中打拼了二十多年,也算是衣食无忧,功成名就。丈夫在时,我们虽有事业与心境的短暂不顺,但家庭是那么温馨快乐,所有困难都是片刻的。然而,在没有任何不祥的前兆下,丈夫突然去世!此刻的我,被痛楚五雷轰顶,曾经的幸福戛然而止。孤独与凄凉使我煎熬了无数个日夜,在蒙眬中被泪水淹没,也时常在半夜被噩梦惊醒,更在悲伤中有叹不尽的悔……日复一日地煎熬着,煎熬着!我不肯接受这一残酷的现实,像个疯子般,有时昏昏沉沉,又像个傻子!但,我又时常提醒自己要坚强面对,为脱离这种状态,我会让自己忙碌起来,不容大脑有悲伤的时刻。但是,只要有瞬间的快乐闪现,就又会想起自己是悲情中的主人公。时常发现自己活得很艰难,特别是夜晚,只能依靠酒精让自己入眠,麻醉思念的痛苦!也意识到酒精的危害,意识到还有后半生的责任要自己担当起来!上有公公婆婆,下有孩子的未来之忧!意识到人要在悲伤中学会放下!我不能再沉沦在悲伤里!

屋漏偏逢连夜雨,丈夫走后曾经的合作伙伴以卑鄙的手段,在我不知情的情况下把公司财产占为己有。此刻的我万箭穿心般难受,我快撑不住了!我怒吼了!我悲愤地拿起法律武器与对手斗争!我要为我的丈夫，为我的孩子，为我的家族讨回公道，不能让那些卑鄙小人得逞。然而，案件之复杂，斗争之严峻，官司之路漫长而沉重……哪怕是在未来的诉讼中拼个你死我活，我都将以柔弱的身躯、破碎的内心砥砺前行，以玉石俱焚的决心和无穷的信念力量去打败对手！我要用我的余生与他们斗争，让那些丧失做人底线又贪婪无耻的狂魔付出沉重代价，以慰丈夫在天之灵！

这几年的煎熬与斗争，让我精疲力竭！但我意识到不应长时间在悲伤中沉沦，在我很痛苦，心堵得仿佛要窒息，感觉再也无法撑住时，我想怒吼，想呐喊，想解救自己，我开始奋笔疾书！我明白，诗已是缓解我心中痛楚的唯一出路……写诗时，我的心绪是这么平静，沉浸在诗的海洋里，忘记了伤痛，情绪变得逐渐理性清晰，一种无形的力量在支撑着我，让我一点点坚强起来，让我找到了活下去的勇气。悲伤的时刻我想写诗，写诗怀念我的丈夫，写诗暂缓我内心之痛，写诗缅怀曾经的温馨。在诗词里，我重新找到精神的支撑点，磨炼心志，平静心绪，思考现在要面临的困境并做出判断。

2022年2月底，我与恩师，中国著名经济学家单元庄教授在珠海相聚。恩师见面后的第一句话："你写的诗呢？"这句慈祥关心的问话，触动了我心底最柔软的灵魂！我的诗魂被点醒。恩师的话语让我心绪万千，几天后，我已无法按耐内心的激动，拿起电话请示："我可以把这几年的诗整理出来出版诗集吗？"恩师听后欣喜，他细致关怀地叮嘱我，鼓励我以最真挚、纯粹和质朴的方式去挖掘灵魂和阐述心灵，用最优美的文学载体——诗，述说自己走过的坎坷之路……虽然热爱诗文，但我意识到自己的缺点和短板，恩师让我去改变和学习，即使有再多的缺点，在他眼里我仍是可造之材。恩师让我想起了自己的老父亲，在父亲的眼里，我一定是行的。恩师与唐先生在我背后的默默支持和教导，给予了我无穷的力量，这份坚定的后盾与鼓励，让我充满雄心壮志,继续攀登和挑战诗的更高境界。所有的伤悲暂不见踪影,我快乐地畅游在诗的世界里,并在现实中力克一切魔障!

在这本诗集中,激荡着我的伤悲、悔恨和回忆,用深层的爱将我波澜起伏的人生以诗陈述并缓缓道来,成为我生命最真实的写照!

陈清莲

2024.08.22

目　录

第一部分：明朗的天空

一、恋海

* 《海风》2015.04.11 ···3

* 《离别》（五绝）2015.04.15 ·····························4

* 《期待》诗束两首 2016.01.09 ····························5

　《期待（一）》

　《期待（二）》

　《恋海》2019.08.17 ····································7

**《海的期待》2019.08.18 ·································8

**《海之梦》2019.08.22 ····································9

* 《海的情愫》2019.09.15 ·····························11

* 《海与我》 ··12

* 《海之夜》（七绝）2019.10.02 ···················13

**《听涛》2019.12.05 ···································14

二、音乐

**《音乐力量》2016.01.23 ·····························15

* 《乐魂》2019.08.16 ····································16

* 《音乐沁酒》诗束两首 2019.08.17 ···············17

　《音乐沁酒（一）》

　《音乐沁酒（二）》（七绝）

《音乐魅力》2019.09.02　……………………………　19

* 《音乐幽灵》2019.09.22　……………………………　20

三、爱情

　《爱的怀想》诗束五首 2016.01.08　……………………　21

* 《心灵慰藉》

　《诗如酒》

* 《爱的迷茫》

　《诗的温馨》

　《徘徊》

　《呼唤／怀想》诗束两首 2016.01.08　……………………　26

　《呼唤》

　《怀想》

　《青涩的爱》诗束五首 2016.01.08　……………………　27

　《相片》

* 《为你陶醉》

　《难相见》

* 《逃离》

　《请不要找》

四、生活

* 《孤行》(七绝) 2015.04.12　……………………………　30

* 《随意珠海》2015.12.25　……………………………　31

　《开荒牛》2016.01.04　……………………………　33

　《海与河》　……………………………………………　35

* 《海河风雨同》(五绝) 2016.03.31　…………………………　36

《下海》2016.05.17 ··· 37

* 《乡愁》2018.03.08 ··· 39

* 《温馨》2018.12.16 ··· 41

* 《飞》2019.05.10 ··· 42

* 《山的拥抱》2019.08.15 ····································· 43

* 《疾驰的心》2019.08.16 ····································· 44

五、诗魂

* 《放飞自我》2019.09.04 ····································· 45

* 《寄情于诗》2019.09.15 ····································· 46

** 《遐想》2019.09.16 ··· 47

第二部分：痛苦的深渊

一、灾难降临

《归巢》【元旦／百鸟／心碎】2020.01.01 ················· 51

* 《绝叹》2020.01.01 ··· 52

** 《泣夫》（七绝）2020.01.06 ······························ 53

二、抗疫

* 《思君》（七绝）2020.01.24 ······························ 54

《宅家防疫》2020.02.27 ······································ 55

《希冀》诗束两首 2020.03.26 ································ 57

《希冀（一）》（七绝）

* 《希冀（二）》（七绝）

《归属感》2020.04.15 ·· 58

三、《挣扎(一)》

   《苟活》2020.03.20 ················· 59

   《清明》(五绝)2020.04.04 ············· 60

   《痛的孤独》2020.05.29 ·············· 61

  * 《尘魂》(五绝)2020.09.03 ············· 62

   《梦魇》2020.09.28 ················ 63

  * 《清醒伴疯痴》诗束两首 2020.12.31 ······· 64

   《清醒伴疯痴(一)》

   《清醒伴疯痴(二)》

   《悔》2021.02.04 ················· 65

   《今是昨》2021.02.12 ··············· 65

   《梦悔》2021.02.19 ················ 66

   《魂出窍》2021.02.27 ··············· 67

四、《挣扎(二)》

   《豁然开朗》2021.02.27 ·············· 68

   《失忆的我》2021.03.23 ·············· 69

  * 《慧根》2021.04.09 ··············· 69

   《想对你诉说》2021.05.02 ············· 70

五、《挣扎(三)》

   《愤起》2021.05.12 ················ 72

   《追忆》诗束两首 2021.07.19 ·········· 73

  * 《追忆(一)》

   《追忆(二)》(七绝)

   《殇河》2021.10.24 ················ 74

**《奋起》2022.01.02 ················· 74

《夜半琴声》2022.03.12 ················· 76

《遗责》2022.03.20 ················· 78

**《音乐呼唤》2022.03.23 ················· 79

《清明随感》2022.03.28 ················· 81

* 《曙光》2022.04.21 ················· 82

《孤身》2022.04.26 ················· 83

《山与港湾》2022.05.02 ················· 84

* 《魂魄惆》(七绝)2022.05.18 ················· 86

**《呼唤》2022.05.25 ················· 87

**《昔日合影》2022.05.26 ················· 88

**《折翅》2022.06.15 ················· 89

《迷失的魂》诗束两首 2022.11.05 ················· 90

《迷失的魂(一)》

**《迷失的魂(二)》

六、音乐·恋海·抚伤·诗魂

音乐——

《音乐也悲怆》2020.09.23 ················· 91

《古琴》(五绝)2021.11.05 ················· 93

《远离抑郁》(五律)2022.03.14 ················· 94

恋海——

《海语》2020.12.20 ················· 95

**《海叹》2021.01.17 ················· 96

《海之恋》2022.05.24 ················· 97

抚伤——

　　《渴望》诗束两首 2022.03.14 ·················· 98

* 《渴望(一)》

　　《渴望(二)》

　　《盼 / 我来了》诗束两首 2022.04.02 ············101

* 《盼》

　　《我来了》

**《爱的关怀》2022.05.20 ······················103

　　《梦醒 / 留下美丽》诗束两首 2022.05.24 ·······104

* 《梦醒》

　　《留下美丽》

诗魂——

　　《诗的感悟》2022.03.24 ······················106

**《诗的神奇》2022.05.09 ······················107

第三部分:寻找心灵的"天火"

一、斗魔

　　《降魔》2021.10.22 ··························111

　　《庭审在进行》2021.12.09 ····················112

**《风暴前夕》2022.03.02 ·····················113

　　《斗蛇鼠》2022.03.15 ·······················114

　　《诉讼与证据》2022.03.31 ····················115

　　《开庭前后》诗束三首 2022.04.30 ·············116

　　《庭审前》

　　《庭审中》

《庭后感悟》

* 《血在哭泣》2023.02.02 ⋯⋯⋯⋯⋯⋯⋯⋯119

* 《宿梦》2023.05.20 ⋯⋯⋯⋯⋯⋯⋯⋯⋯120

二、励志

* 《活着》2020.10.07 ⋯⋯⋯⋯⋯⋯⋯⋯⋯121

**《砥行》2020.12.02 ⋯⋯⋯⋯⋯⋯⋯⋯⋯122

**《负重行》2021.02.17 ⋯⋯⋯⋯⋯⋯⋯⋯124

《涅槃重生》2021.02.23 ⋯⋯⋯⋯⋯⋯⋯⋯125

《疯痴的醒》2021.02.25 ⋯⋯⋯⋯⋯⋯⋯⋯126

**《故地》2021.02.26 ⋯⋯⋯⋯⋯⋯⋯⋯⋯127

《顿悟》2021.03.04 ⋯⋯⋯⋯⋯⋯⋯⋯⋯128

**《红杜鹃》2021.03.28 ⋯⋯⋯⋯⋯⋯⋯⋯129

* 《微弱的光》2021.05.08 ⋯⋯⋯⋯⋯⋯⋯⋯130

* 《微星闪亮》2021.05.09 ⋯⋯⋯⋯⋯⋯⋯⋯131

* 《魂失》2022.01.20 ⋯⋯⋯⋯⋯⋯⋯⋯⋯132

**《殇途》2022.04.27 ⋯⋯⋯⋯⋯⋯⋯⋯⋯133

**《重拾坚定》诗束两首 2022.10.27 ⋯⋯⋯⋯134

《重拾坚定(一)》

《重拾坚定(二)》

三、亲情

《手足之情》2020.12.15 ⋯⋯⋯⋯⋯⋯⋯⋯137

* 《亲情永在》诗束两首 2021.11.06 ⋯⋯⋯⋯138

《亲情永在(一)》

《亲情永在(二)》

　*　《爱》2022.05.30 ·· 140

四、敬师

　*　《导师的叮咛》2016.04.07 ···························· 142

　　《导师的教诲》2019.09.04 ···························· 143

**《四姑娘》(七绝) / 单元庄 2022.02.25 ·············· 144

　　《不迷孔方兄》2022.02.25 ························· 145

　　《导师·四姑娘》 ································· 145

　*　《不舍》(七绝) 2022.03.01 ······················ 146

　*　《撕裂的灵魂》2022.03.16 ······················ 148

　　《我的导师》诗束两首 2022.05.28 ··············· 149

　　《幸遇导师》

　　《鼓励出诗集》

　　《北奠公恩重若山——酹祭何炼成先生》

　　　/ 单元庄 2022.06.18 ························· 151

　　《送先驱》(绝句) ····························· 152

　　《谢师恩》2022.06.18 ··························· 152

第四部分: 复活——我不再是我

一、哲理

　　《情感与爱》2016.04.06 ···························· 157

　*　《小船》诗束两首 2018.01.28 ···················· 159

　　《小船(一)》(五绝)

　　《小船(二)》

　　《人生无常》2019.07.21 ······················ 160

* 《跳跃的音符》2019.08.23 ……………………………………161

* 《气质》2019.08.25 ……………………………………………162

　《诸事难全》2019.09.09 ………………………………………163

** 《睿智》（首尾相连）2019.12.08 …………………………163

　《刹那》2020.02.02 …………………………………………164

* 《路漫漫》2020.10.04 ………………………………………165

　《大院偶遇》2021.03.25 ……………………………………166

* 《痕叹》2021.10.24 …………………………………………167

* 《人生惑》2021.11.03 ………………………………………168

** 《恩义情》2022.01.02 ………………………………………169

　《期始 / 拥抱自己》诗束两首 2022.05.18 ………………170

　《期始》

* 《拥抱自己》（五绝）

　《寻找自己》2022.05.24 ……………………………………172

二、友情

　《祝福 / 美丽的期待》诗束两首 2015.04.11 ………………173

　《祝福》

　《美丽的期待》

　《隔洋情谊》2015.08.10 ……………………………………175

　《相遇》2019.10.03 …………………………………………176

　《三人行》2021.08.03 ………………………………………177

* 《谢谢你 / 找回自己》诗束两首 2022.03.11 ………………178

　《谢谢你》

　《找回自己》

　《诗友人》2022.06.06 ………………………………………180

三、生活

  《网购魅力》2020.07.02 ·······················181

  《我与爱犬》2021.04.01 ·······················182

  《犬的心绪》2021.04.01 ·······················183

  《法棍面包》2021.11.21 ·······················184

* 《漫步》诗束两首 2022.05.14 ·····················185

  《河边》（五绝）

  《江边》（五绝）

  《珠江畔》2022.05.15 ························186

四、怀旧

* 《归途中》2015.03.22 ·························187

* 《念亲恩》2015.04.12 ·························189

* 《思念》2016.01.26 ···························190

  《牵挂》2016.02.18 ·························191

  《同学相聚》2018.08.11 ·······················192

**《穿越童年》2019.09.15 ·······················194

  《父女情深》诗束三首 2019.09.27 ···············195

  《忆写往事》

  《女当男儿》

  《临终时刻》

痛的感悟与思考 2024.08.23 ························199

跋 2023.11.22 ·····································200

封底书评 ···201

陈清莲诗集简介 / 单元庄 2024.03.25 ···············202

第一部分：明朗的天空

一、恋海

*《海风》

海！我们又见面了，
宽宽的马路，风儿追，
沿途的花儿，在问谁？
心旷神怡一路随。

面朝大海，
轻语诉说曾几回？
海风轻抚着脸，
心儿随风而醉。

2015.04.11

*《离别》（五绝）

身影照斜墙，心思绕果香。
小别存不舍，圆梦锁扉乡。

2015.04.15

伤痛：生命的升华

*《期待》诗束两首

《期待(一)》

我与大海，
无数次默默相望，
无数次满怀期待，
大海波涛，我心澎湃。

今天的我，
不愿意那怀想在，
让风儿把思念带，
只为放飞那心怀。

《期待(二)》

杯子的透澈，
不代表它没有心的徘徊。
尘缘的繁衍，
并不代表它没有清纯在。

湛蓝的海洋，
蕴藏着激情的风浪遨迈。
无垠的天空，
荡漾起云风的摇摆。
让人憧憬着，
那遥遥相望的期待。

2016.01.09

伤痛：生命的升华

《恋海》

大海！
总让人望眼欲穿。
潮起潮落，
载着远航的帆，
曦和在海雾之中，
泛起至美的紫烟，
构成天地间美丽的画卷。

在都市太久，
繁忙的根源。
心跳旋律过高，
总思念着那灵魂的港湾。

收拾行装，
百里飞车只为见你一面。
在海边拾拾生活的随意，
让海风理理工作的零乱。

遥看着大海，
放飞美好的祝福与心愿。
漫步在海边，
让海风吹吹生活的尘烟，
大海啊！
一辈子的情缘。

2019.08.17

**《海的期待》

厌倦那车水马龙的都市,
收拾行装,
跳上轻驾的航,
往魂牵梦绕的海边赶。

音乐在飘扬,
心随快乐而歌唱……
沿途的山哟! 云哟!
景随心美在荡漾!

听——
已感受到波涛的期望,
风儿正引导着我,
在那回家的路上……

2019.08.18

伤痛:生命的升华

《海之梦》

一直以来，
我属于大海。
波涛声声，
时刻让我醒起。
在海浪中，
找到自己。

我属于大海，
它时常激发我的意志，
使我在跌倒中爬起。

我梦藏于大海，
时常与海拥抱于梦里，
去探索海的力量与神秘。

我与海在对话，
它用博大的胸怀向我传递，
让我在跌撞中接受风雨的洗礼。

我在风雨中，
与海拥抱。
狂风暴雨，
我已不惧彼。
在逆风中，
是成长的崛起。

都市的喧闹，
难装下浮躁之意。
那片江上，
也许是海的影子。

我——
仿佛回到海的身旁，
这也许是在梦幻里。

    * 我年轻时一直在海边工作与生活，海边给了我人生最好的开端。从此，我的精神情感与大海紧密相连，海涛声能够使我清醒，在人生旅途中不惧挫折，在狂风暴雨中不断成长。

2019.08.22

伤痛：生命的升华

*《海的情愫》

我在遐想着，
在海边、落日下，
与海轻轻相依。

海面上，
夕阳映红了半个天际，
和煦的云风融为一体。

风中的人，
梦呓中的海息，
紧紧拥抱呢喃中恋惜。

万般柔情，离别之苦，
无法用言喻之意。
本是一体，无法分离。

* 我年轻时在海边工作与成家，海边记录了我的失意与成功。当我失意时，就去海边与海喃喃细语，倾诉心声……在海边，我能平静心绪，能找到更多的感悟。大海给予了我太多美好的愿望与想象，我对海有着特别的眷恋与很深的情怀。

2019.09.15

*《海与我》

回到海的身旁，
远离高楼大厦，
躲开了车水马龙的拥塞。

瞭望无际的海岸线，
踏上"秦皇驰道"的豪迈，
此刻的我如此轻松愉快。

傍晚，
凉风习习，
感受着海的气息。
在海的身旁，
如此的平静自在。

曾经的我，
无数次与海默默相望，
大海波涛，我心澎湃。

今天的我，
不再去怀想，
只愿好好地看看——海！

伤痛:生命的升华

*《海之夜》(七绝)

凉风楚楚绕裙边，
明月朦朦锁雾观。
静水映空出玉宇，
相思如梦肩并肩。

2019.10.02

**《听涛》

　　忙碌的日子恍如梦境，
　　想不起，多久没见海，
　　有一种久别的牵挂之情。

　　好想去听听，
　　那海浪的波涛，
　　那心底的宁静。

　　好想去听听，
　　那海风的呼啸！
　　那海鸥的晨鸣。

　　好想去听听，
　　那千军万马的波涛奔腾。
　　我朝着海的方向在聆听……

2019.12.05

伤痛：生命的升华

二、音乐

**《音乐力量》

音乐时常在陪伴着我，
给予了深深的鼓舞，
让人痴醉迷离又漂泊。

音乐让我轻轻地停下，
让人暂忘忧伤，
静静的，学会思索。

音乐让人慢慢地编织着，
那憧憬的烟波，
让人暖暖的，把未来帷幄。

2016.01.23

*《乐魂》

音乐是兴奋剂！
让我有了驱走疲倦的力量，
是我调整动力的方向。

音乐是催眠曲！
让我减少浮躁与惆怅，
静静地抚平心底的忧伤。

音乐是父亲的肩膀！
心累时让我躺一躺，
把小小的我荡入爱的海洋。

音乐又像一杯烈酒！
把我醉得不再倔强，
去洗礼大自然的血雨风霜！

音乐有时又那么的感伤，
想起它，流淌过往，
又是灵魂里的暗波飞浪。

2019.08.16

伤痛：生命的升华

*《音乐沁酒》诗束两首

《音乐沁酒(一)》

夜深时，
一杯小酒、一曲音乐，
幽灵般的旋律在飘曳，
触动了诗意般的夜。

夜空中，
仰望星空中的弦月，
看，随风而动的棕榈叶，
是灵魂与音乐在同悦。

夜梦里，
酒的陶醉，
诗意不再胆怯。
心在歌唱，
魂在起舞飞越。
飘忽的夜里，
梦在相邂……

《音乐沁酒(二)》(七绝)

美酒飘香窗外月，
棕榈摇曳夜中风。
曲魂激起心中舞，
诗魄燎原烈火同。

2019.08.17

伤痛：生命的升华

《音乐魅力》

音乐有种力量鼓舞着我，
艰难时刻它在陪伴，
让我从低靡中觉醒而扬帆。

音乐有种方向引领着我，
迷茫时刻它在身边，
让我无助中找到远航的船。

音乐有种曙光照耀着我，
黑暗时它照亮天边，
让我从彷徨中拉开那道帘。

音乐有种柔情安抚着我，
让心灵港湾平静恬安，
让我此刻的心儿醉酣。

2019.09.02

*《音乐幽灵》

多少个夜晚，
我总在克制，
不听音乐，
不寻诗灵……

多少次徘徊，
我战胜不了，
那音乐幽灵！
在深夜里向我招手前行……

多少次夜里，
音乐的陪伴，
音乐中陶醉，
不再迷失飘零……

也许，
灵魂总爱在深夜里，
在音乐中翩翩起舞，
蝶影盈盈……

2019.09.22

伤痛：生命的升华

三、爱情

《爱的怀想》诗束五首

*《心灵慰藉》

昨晚

我们相互倾聆

轻轻暖暖的境

关爱源泉的情

潺潺流淌而行

由远而近牵萦……

心灵

时而呢喃倾听

时而欢快意兴

诗一般的旭景

偶尔沉醉而静

时刻蓦然清醒……

《诗如酒》

你的诗，
言语时而沉静低喃，
情感时而跳跃腾飞，
让人飘逸以致沉醉。

如今　从你笔下缀，
看到尤如品尝回，
如百年美酒水。

仿佛——
你就在眼前归，
真想相互伴随。

*《爱的迷茫》

真有些许，
没你消息，
失落的感觉，
摆放了若干年。

可是夜深人静时夜晚，
偶尔打开被尘封的思恋。
如近实远的馨香，

伤痛：生命的升华

洋溢着淡淡的甘甜。
有一种像是拥抱的迷离，
使我陶醉泪流于心间。

虽然风雨飘荡若干，
却像——
珍藏已久的酒，
越来越醇酽。

如今，
在一片烂漫的茶园，
又看到了梦里的彩虹闪闪。

请把手伸给我，
接受那原始的邀请，
去恋爱吧！
去荡秋千。

如果某天，
你背我而去。
我不会后悔，
不会怨言。

因为，
生活总有无奈的感叹，
我喜欢那片海，
只能永久永久遥看。

《诗的温馨》

也许你的出现，
触动了诗的源泉。
让我用诗的怀感，
轻抚受伤的泉眼。

谢谢你的出现，
诱发了诗的灵感。
谢谢你！
诗途漫漫。

《徘徊》

你的牵挂与真诚，
让我感激与动容。

你的深情与思念，
让我哭泣与颤动。

你的愿望与梦想，
让我不舍与忡忡。

你的呼唤与邀请，
带着恳求与谦恭。

你是那么的痴念，
我在梦幻间陶熔。

2016.01.08

《呼唤 / 怀想》诗束两首

《呼唤》

慢回味，
轻轻的乐，
静静的夜。
那诗！
在呐喊，
呼唤着爱的炽烈。

《怀想》

遥望天空，朦胧的月，
眨闪的星，孤独的夜。

思念的源泉奔腾而泄，
让人怀感不歇。

那思恋的哽咽，
在诗梦中穿越！

2016.01.08

伤痛：生命的升华

《青涩的爱》诗束五首

《相片》

再看这相片，泪流已满面，
相片传神情，感动附温暖。
记忆令陶醉，不舍与郁欢，
沉睡的往事，使人更辛酸。

*《为你陶醉》

想停留在那美丽的时刻，
爱的美丽，
没能让人忘记。

千言万语，
此时化成柔情，
却总让人痴迷。

为了你，
可以燃烧自己，
在你身旁，心已醉起。

惜别夕，
纵有千般不舍离，

无奈轻轻一吻，
寄存万般柔思。

《难相见》

匆匆离别　难再见
相见时难　别亦难
亦是忘君　恋君颜
思君落泪　雨如帘
思念甚苦　不堪言
再见一面　难难难……

*《逃离》

那段时间里，
灵魂在碰撞，
浪漫温馨而飞翔。
感动而歌，
唱出诗的遐想。

今天发现，
已醉在诗港。
惊慌醒起，逃时感伤。
诗的陪伴，苍凉中坚强。

《请不要找》

请不要找，
我不再念想，
让记忆的思恋远离你身旁。

请不要找，
我不再彷徨，
彼此静静地思量。

若是真爱，
请放开风筝的方向，
让爱的自由去飞翔。

2016.01.08

四、生活

*《孤行》(七绝)

沿途美景沁心扉，
海浪微风秀发飞。
椰树黄沙行路远，
夕阳暮色促人归。

2015.04.12

伤痛：生命的升华

＊《随意珠海》

清晨，
小鸟吱吱地叫，
我依旧沉睡不想起，
赖床的感觉使人心怡。

中午，
艳阳当空白云稀，
秋意凉凉披单衣，
诱我走进书的世界里。

黄昏，
漫步海边，
微风抚夕，
憧憬着幸福的气息。

夜晚，
柔柔的音乐飘起，
人儿因此而可爱无比，
随着神韵摇曳而沉迷。

午夜，
嫣红酒色人自醉，
仙境激情随酒雾。

意满恐意失，
失去起惜意。
平常的消遣，
成了奢侈之事？

常离别，
让人心酸与不易，
让人格外地留恋与珍惜。

2015.12.25

《开荒牛》

当年轻时，
抱着热情、揣着梦想去追求。
到这个无路人稀荒蛮的小岛，
我做了第一代的开荒牛。

怀着柔情，
放飞少女浪漫娇羞。
面对着大海呢喃，
我是退？还是留？

大海啊！
梦在哪？
路在哪头？
海浪汹涌地咆哮！
柔柔的海风拥抱了我的踌躇。

来吧！
让波涛淹没你的忧愁。
海浪为你演奏，
激发你自豪的歌喉。

这里有广阔的海域，
让海风荡起你自由的小舟。
这里有展翅高飞的海鸥，

告诉你通往彼岸的绿洲！

这里沙石小草留住了我的脚步，
海风带着我去飞向梦想的自由。
这一刻注定了，
我与海不再分离，长长久久！

2016.01.04

伤痛：生命的升华

《海与河》

大海壮观，汹涌波浪，
水天一色，千里斜阳。

河流蜿长，碧波荡漾，
清澈见底，白鹭成行。

海河相连，蓝天霓裳，
宽窄有别，咸淡共尝。

刹那时间，变化无常，
风雨突起，凶猛骤狂，
大海咆哮，河流作响。

河水蜿蜒，海浪驰疆，
大海河流，共映辉煌，
互融奏响，欢快乐章。

*《海河风雨同》(五绝)

日出海面东，夕下挂云浓。
风雨袭霞变，事局天气同。

　　*条条大河奔腾汇入大海的真实写照,大海与河流的关系紧密,两者相交互融辉映,就像是男女两种不同个体的婚姻与生命,如同世事难以预料! 人生的旅途,更像是海水波涛汹涌一样变幻莫测。人生的美好,随时会被天灾人祸无情地摧毁!

2016.03.31

伤痛: 生命的升华

《下海》

今夜，
幽幽音乐触动了灵魂深居地。
韵律在引领着我去飞翔天际，
在寻觅那熟悉的记忆。

这音乐让我想起，
离开大国企的自己。
毅然下海面对前方的路，
一片惘然洒泣。

下海无退路，
只能撑起！
揣着泱泱宏愿，
郁郁而不得志。

找不到方向目标，
才是人生的惊悸。
跌跌撞撞、无路可去，
脚下乃人生戈壁。

爬着前进，
看到人生的底，
低调中的寻觅。

经历是财富，

伤痕是毅力，

更是登高望远的梯！

2016.05.17

伤痛：生命的升华

*《乡愁》

在异乡，春节刚过，
来到淳朴的小乡村，
亲戚们在忙碌穿梭。
丰盛的午餐盛满了爱，
长辈、孩童们灿烂地笑，
融洽的亲情在辉烁。

我被触动了！
忆起了儿时梦想的困惑，
那柳风麦田的辽阔。
离乡几十载，
记忆碎片无法淹没，
童年往事断续几多。

故乡，记忆中那条河，
常在梦里淌过，
既熟悉又陌生。
往事总在起落，
故乡的路，那么遥远，
又似荡漾的烟波穿过。

故乡，曾经的家，
时时魂牵梦绕于我，
记忆中的往事如歌，
常在风中鞭策着我。
在风雨中百折不挫，
在人生中为我掌舵。

　　* 那天，我与夫君及孩子正在婆家的小乡村做客。淳朴的乡情和浓烈的亲情，触动了我的思乡情…… 童年的故乡记忆已成了碎片，我常在思乡梦里漂泊。故乡，是我的起点，让我怀念，又时刻警醒与鞭策着我！

2018.03.08

伤痛：生命的升华

*《温馨》

微微的火，
暖暖的冬，
无不都是好时光。

轻轻的乐，
细细的语，
幸福温馨乐悠扬。

醇醇的酒，
浓浓的情，
小院此景人向往。

　*冬天，在大家庭的庭院里，我们家人兄弟姐妹等，边烤着火，边聊天，边品着小酒，在篝火旁狗儿也静静地靠着主人半躺着，轻轻的音乐悠扬在静静的夜里。在冰冷的寒冬，我感受到大家庭的温馨，也是我最向往的时光……

2018.12.16

*《飞》

空中的航
往不同的家
已是经常……

奔走间　漂泊的惘
移动的家
穿梭云上……

飞翔中　云中的怅
宿愿的它
希望的港……

* 我经常飞,去看望丈夫,去陪伴孩子。我宛如空中飞人,穿梭在
不同的家之间。我不停地飞呀,就是为了实现梦寐以求的宿愿,即让
我们一家能有更美好的未来……

2019.05.10

*《山的拥抱》

大山，
曾是我的家，
最难的日子，
我们在一起。
它给予我矫健的身躯，
让我有了理想的启始。

大山，
有它的使命，
我们难以再相聚时。

曾经的美好，
只能遗落在
那记忆的一隅里。

2019.08.15

*《疾驰的心》

想着明天轻装上路，
听着醉人的音乐，
迎着和熹。
飙爱车揽风景，
驶向牵挂已久海的气息。

梦呓般的叨念，
灵魂里多少次？
深沉的海，幽情的我，
同遥望着海面上的晨曦。

慢步在沙滩，
微风拂过、水波涟漪。
飘荡的魂儿啊，
我们相守难以再分离。

2019.08.16

五、诗魂

*《放飞自我》

我在想，忙完数月之事
开上那崭新的座骑
暂时地去远离
去放飞，去游历
画中有我，风中有诗……

写，驰魂夺魄
笔的纵横，过于动情里
一首好诗
深临其境，历验抒意
灵魂在呐喊，在洗礼……

常睡中醒起
记不清多少次
反复拿起笔
写，成了生命力
诗寄情怀，更能励志……

2019.09.04

*《寄情于诗》

欣喜时，诗如歌，随风飞扬。
悲伤时，诗中叹，诗魂疗伤。
意失时，寄于诗，带去愿望。
诗寓情，志激昂，让人向往。

2019.09.15

伤痛：生命的升华

**《遐想》

我想做个品酒师，
云里来雾里去，化为凤羽，
与轻风、星星相遇在云彩，
飘飘忽忽，不愿醒来。

我想做个音乐玩家，
把人生的波澜曲折去释怀，
以贝多芬的旋律奏响人间的兴衰，
幽灵带着我去飞翔独迈。

我想做位诗人，
愿与李白同旅，痛苦不再！
追随天上的云朵而去，
诗情画意，怀柔四海。

我揣着太多的梦想，
梦里俊彩——
愿在永生的海，
飘飘忽忽，不愿再醒来。

2019.09.16

第二部分：痛苦的深渊

一、灾难降临

《归巢》

〔元旦〕
一元复始，万象更新。
家家团圆，喜庆温馨。

〔百鸟〕
飞翔再远，归巢为寝。
爱人永逝，缘灭灯烬。

〔心碎〕
阴阳两隔，殇中流襟。
伴随挚爱，灵魂同衾。

2020.01.01

*《绝叹》

叹！
百鸟归巢，
夕阳存西边，
如网似薄衫，
白鹤归林眠。

哀！
爱已永逝，
夫君静灵山，
从此不再还，
泪流已成淆。

魂！
已随夫去，
灵魂飘云间，
追夫肩并肩，
复醒爹娘念。

* 叹！百鸟归巢，那里是丈夫的长眠之地，每天傍晚太阳落山时，许多白鹭会飞回这湖中的树林里休息。我的心也随同丈夫长眠于此地了！丈夫的父母还健在，父母比我更断肠般的痛心！我不能再这样去思念与折磨自己了，照顾好父母与孩子是我目前最为迫切要做的事情。

2020.01.01

《泣夫》(七绝)

吾君已去吾心随，
莫问苍天莫问谁。
泣血祭夫碑上悴*，
遗责伴魄梦中归。

* 悲伤忧愁之意。

* 这是我镌刻在丈夫墓碑上的墓志铭。丈夫已逝去，我的心和灵魂也追随丈夫同眠大地。我问天问地，自责没照顾好丈夫。丈夫的遗愿职责，我义不容辞承担在肩，泣血再继续砥砺前行……

2020.01.06

二、抗疫

*《思君》(七绝)

病疫新闻满宇飞，
花儿带血梦中归。
吾心恐扰夫君寐，
满目疮痍处境悲。

* 这时候，武汉新冠疫情刚刚爆发，疫情的新闻天天在播，每天不断地因染疫死人，整个世界都在为武汉担忧！我看到红色的花儿布满了路旁，红色的花儿像极了鲜血的样子！我刚刚痛失丈夫一个多月，我和武汉人民感同身受，都是那么的悲伤，仿佛都处在梦境般的绝望中！我感叹人的生命像鲜花一样短暂！快过年了，我有种家破人亡、山河危难的悲壮感觉。内心有种冲动，欲呼唤已长眠在大地下的丈夫……

2020.01.24

||伤痛：生命的升华

《宅家防疫》

春节时，
沿海城，疫情似乎不足奇。
看全国，每日死亡过百令人啼。

在海边，
预感不妙，匆匆返家遇障施。
小区测体温，出入证手中持。

宅在家，
动荡的疫情引毫思，
回海边，原道返回无路驰。

中签 N95，
本人有数只，欢迎获取之。
死亡虽无惧，诸事待吾思。

全国在抗疫，
天使有殉职，心伤更未止。
山河在咆哮，力量在雄起。

*今年春节旧历初三左右，在广州等沿海都市，并没有看到疫情紧张的氛围。但我国每天仍有过百的新冠肺炎死亡人数。感觉到更紧张的疫情氛围可能会发生，在海边溜达了几天的我，匆匆赶回了广州。

回到广州没几天,所住的小区居然要出入证和量体温才能进出。春节后,我已二十几天没出门了,也不知外面的世界怎么样了。

今天,我又回到海边的家,家门口的路已被人为堵住,只能走到远距离的街区口,测体温后才能进入。今天的我中签了 N95 口罩！见者有份,没口罩的亲们,我可以寄口罩给你们。对于死,我真的不怕！但我还不能死,我还有很多的事要做！看到年轻医护人员,为救人而牺牲了,我很悲伤！但我要忘记自己,更要努力地去忘记悲伤。看到国家的力量在抗疫,国家已强大,力量在崛起！感慨,为我们身为中国人而自豪！

2020.02.27

伤痛：生命的升华

《希冀》诗束两首

《希冀(一)》（七绝）

苦累相随有盼头，
山崩地泣几时休。
全国抗疫哀亡者，
希冀生活至上留。

*《希冀(二)》（七绝）

音乐共鸣抚慰心，
韵声激励去悲辛。
诗中情意步新境，
笔下墨毫写九金*。

* 喻美好的生活。

*丈夫在时，我的生活幸福美满！哪怕是再苦再累，生活还是有着希望的曙光。

当前，全国抗疫阻击战正酣。我的小家还沉浸在失去亲人的痛苦之中！武汉人民正在与新冠病毒做殊死战斗！为逝者哀思。同时，我还是要满怀希望而继续……如今，音乐与写诗给予我力量与鼓舞！

2020.03.26

《归属感》

驰援武汉，军民共携。

难忘四月，首战告捷。

复工复课，各行各业。

阻击奉献，安宁和谐。

展望全球，泛滥遭孽。

华夏大地，归属心悦。

*4月是今年以来最快乐的一个月,各行各业几乎都在复工复产复课。疫情期间,我带饭出门更是安全便利,广州晚上还经常堵车,让人忘记了现在世界还在被疫症肆虐着……封城对武汉来说有点悲壮!阻击新冠疫情初战告捷,让人们对祖国更有归属感!

2020.04.15

伤痛:生命的升华

三、《挣扎(一)》

《苟活》

活着，快乐渐失。
躯壳，没了心思。
困了，睡也难迷。
饿了，想到了吃。

更多的不确定，
担忧思虑未知！
迷失中励志，
唯学习再学习！

* 丈夫辞世后的这段日子我很痛苦，我没有了思想灵魂，只剩下身体的躯壳，只想到去吃去睡，从而让自己苟活！我经常恐惧明天会不会又发生什么不好的事，潜意识里又想通过学习来寻找迷失中的自己……

2020.03.20

《清明》（五绝）

明中思痛祭，梦里伴夫君。

泣血为常事，折磨是萎*深。

* 衰落，引为悲伤。

2020.04.04

伤痛：生命的升华

《痛的孤独》

你在时，
我时常溜回海边，
独自享受与大海相守的"孤独"。

你走后，
我又回来寻找，
只剩下最绝望的单思难以解除。

你走后，
我的灵魂也随你而去！
难以寻回那美好的当初。

如今，
没了希望，没了快乐！
只剩躯壳，痛无声息！脚无寸步！

爹娘健在，
你遗憾离去，一切如梦！
我余生在噩梦里飘浮。

2020.05.29

*《尘魂》(五绝)

常观新海貌，伤感碰生情。
真爱随尘去，灵魂渺*自行。

* 宽阔无边，漫无目的。

* 我经常回海边城市的家去看看大海，海边的每一时段都有日新月异的变化。回到与爱人生活的地方，我又触景生情而伤感了！人人都是世间过客，最终归途都是尘归大地！爱人已化尘入土，我的灵魂却找不到归属了。

2020.09.03

《梦魇》

梦见，
在我生长的地方。
黑灯瞎火的屋里，
夜是那么的漫长。

空空的屋子里，
神情如此忧伤。
剩下发呆的我，
与那个行李箱。

回到与丈夫奋斗的地方，
还是黑灯瞎火的凄惘。
剩下发呆的我，
与那个行李箱。

梦醒时，
梦里梦外梦淯怅。
骨髓灵魂深又长，
只剩空彻与悲凉！

2020.09.28

63

*《清醒伴疯痴》诗束两首

《清醒伴疯痴(一)》

曾经的脚印，随风而息止。
未来的道路，沉重挣扎时。
思念与忘怀，清醒伴疯痴。

《清醒伴疯痴(二)》

往事随风去，灵魂已淘空。
挣扎渐沉重，思念伴痴疯。

　　* 自从丈夫走后，我时刻活在痛苦之中。我的灵魂被抽空，老想着从前的样子，不肯面对残酷的现实，时常在自我折磨！一时清醒，知道自己要照顾好家人，一时又沉沦在往日的悲伤回忆中……

2020.12.31

伤痛：生命的升华

《悔》

> 一生　很短很短，
> 来不及　去相拥。
> 来不及　说再见，
> 只剩下　悔与空。

2021.02.04

《今是昨》

> 泪涟涟，失肩臂。
> 总在问，天与地。
> 今是昨，昨是泣。

2021.02.12

《梦悔》

梦绕中，去觅念，方思眷。
梦魇里，我轻呼，你笑绚。
梦醒时，泪满面，痛中唤。
天地非，悔昨日，今生怨。
痛失你，悔自己，难双全。

　*我总是梦中才敢思念丈夫！时常在梦中我呼叫着丈夫，丈夫笑脸相迎地走来，我正想拥抱丈夫时总是突然间梦醒了，一场空！自己追悔莫及！我不相信好人一生平安之说，更怨恨自己没照顾好丈夫！

2021.02.19

伤痛：生命的升华

《魂出窍》

天亮时，灵魂似乖巧。
夜深时，灵魂总出窍。
夜幽灵，时常在孤飘。
在寻觅，精神的照料。

现实啊！
如此残酷呼啸。
上天岂能随意，
令我灵魂缥缈。

2021.02.27

四、《挣扎（二）》

《豁然开朗》

近两年的遭遇，
让我闷心寡言。
我与律师深聊，
使我顿悟开颜。

案件有了希望，
令我感慨万千。
案件新的观点，
豁然开朗而心安。

定力破解案件，
心里难得的舒坦。
一觉睡了两天。
两年的话竟然两天说完。

2021.02.27

《失忆的我》

挚爱已失，低沉悲怆。
开车回家，迷失方向。
魂随夫去，思绪惝恍。

＊下午，我从广州开车回海边，突然想不起怎样上高速、怎样回家。我短暂地失忆了！我不愿意打开导航，倔强地凭感觉找到了回家的路。我已半年没回海边的家了，疾驶的路上，思绪随风而飘，躯壳没有了灵魂⋯⋯

2021.03.23

＊《慧根》

佛是佛	魔是魔	佛与魔	信念修
佛之光	是希望	人变魔	是尽头
人之初	性本善	善与恶	天地惆
遇生死	知人事	善与恶	慧根守

＊我丈夫曾经的合作者，在我痛失丈夫之时私吞了我丈夫拿命奋斗下来的所有资产。人与魔之间只有一念之差！我会动用法律手段去处理此事，我坚信：证据能让正义到来，镇魔之剑很快就会到来！只有经过了生死关头，才能看透人的本性，有智慧的人才会守住做人与社会道德的底线。

2021.04.09

《想对你诉说》

苍天啊！
悲愤的我想对你诉说：
你能否感觉？
这里是不眠之夜，
流淌着哭泣的血。

爱人啊！
我想对你诉说：
你是咱们家的主梁，
你瞬间逝去，
让我和孩子伤痛满痕在这个世界。

爱人啊！
我想对你诉说：
恶魔已把咱家财产洗劫。
我已拿起法律武器反击，
誓夺回你用生命换下的一切。

爱人啊！
我想对你诉说：
你留下痛苦的责任竟然如此惨烈。
我含泪去撑起，
那没有你的世界！

伤痛：生命的升华

*我的爱人啊,我心里难受时总想对你说说话:这几年全是为你的后续事在忙! 你知道我和家人是怎么活的吗? 你走后,我屏蔽了自己的思维,强制自己不去思念你。白天,我常忘记自己做了些什么;晚上,我用酒精让自己入睡。但,我想活着照顾好家人啊!

　　早几天,我与孩子说:"你爸娶我是娶对了,你爸可以说走就走,却留下了痛苦与责任!"我训了孩子:"要自己好好的,先活着,才可能去争取幸福!"而你的孩子诉说她的感受:"我爸虽然只给了我很短暂的爱,但我很满足,人生很短暂,我也不敢奢想太长!"你让我们那么痛苦! 脆弱与无奈!

　　这几年,我一直在围着你留下的资料笔记整理收集证据! 看着这些东西,你知道我的心里有多痛苦! 我时常哭了又笑,笑了又哭……只有我活着,才能为我们夺回你拿命换下的资产。

　　也许,你不知道,你那些朋友中,有的做到了道义,有的见风使舵,更有你的合作者早已在义字上插了一把刀! 来吧,我已做好一切准备! 你既已逝去,我亦不在乎所有! 再大的暴风雨也打不倒我,就让暴风雨来得更猛烈些吧!

2021.05.02

五、《挣扎（三）》

《愤起》

你走后，
思念的痛苦时刻在心里，
怀念像虚线断续无期。

在梦里，
总闪出你的神态与笑嘻。
唯又借酒麻醉自己。

这是血泪染红的记忆，
任重而道远，路慢慢兮，
拿起法律对恶魔予以愤起！

2021.05.12

《追忆》诗束两首

*《追忆(一)》

曾经的地方啊!
触动那泪泉眼,
匆匆地逃离着。

努力地挥挥手,
沉重的脚步啊!
艰难地前行着。

《追忆(二)》(七绝)

望断斜阳愁断肠,
相思又起泪成行。
涛声掩盖开基苦,
陪伴幸福无斗量。

* 曾经的地方,那里是我和丈夫常常相伴的幸福之港。那时,我们虽然没有什么钱,但两人在一起的小日子很幸福! 现在我才意识到,相爱相伴在一起的小日子,才是真正的幸福! 悟到这点,时已晚矣! 悔恨、伤心、痛苦、甜蜜的回忆,常常折磨着我。

2021.07.19

73

《殇河》

人世间，曾是坷。

有过欢，刹时噩。

梦碎矣，殇成河。

* 我与丈夫一起创业时,曾经迷茫过。但我们尝过艰辛,也获过幸福! 正当我们的幸福即将开始时,幸福却戛然而止! 天荒地老的梦已破碎,余生恐怕只剩下殇!

2021.10.24

**《奋起》

曾经的美丽

潜意识尘封

模糊了记忆……

无意识阀门

慢慢地开启

叹往惜今起……

* 每天,我在想着过去,想着和丈夫幸福生活的点点滴滴。我知道这些曾经的幸福不应该再去怀念了,曾经的甜蜜离自己已越来越远

伤痛:生命的升华

了,记忆中的美好已渐渐遥远模糊了!但有时,我无意识的大脑会打开思念的阀门,使那些曾经的幸福变成痛苦,瞬间像喷泉般涌出。我又沉沦在怀旧的痛苦中无法自拔!惦念往昔而哀叹!从今天开始,我要珍惜当下并重新规划未来!

2022.01.02

《夜半琴声》

寂静相守夜里，
独自古琴弹起，
琴声感动自己。
思夫由此传递，
感悟骤然升起，
音韵难抑哭泣。

日子三年梦里，
爱人与家猝离，
现实残酷无计。
女父血脉相继，
抚女我需勇气，
坚强才能凝志。

万箭穿心如戟，
无从向谁说起，
噩耗唯有自闭。
失爱伤悲无比，
家庭事业一体，
竟靠自己坚毅。

当年煎熬痛泣，
借酒催眠不奇，
事委律师处理。

伤痛：生命的升华

沙滩苦觅晨熹，

延续爱的动力。

努力走出悲戚。

感叹止琴声息，

眼泪模糊无滴，

新旅应当启起。

* 今晚，我弹琴把自己弹哭了，自己感动了自己，几年来头一回感悟中哭泣。

丈夫逝后的几年，我强压制自己不能哭。我难以接受残酷的现实，活着是痛苦！为了孩子，我必须坚强！其实孩子比我更痛苦，她和父亲血脉相通！

几年来，我几乎没和任何人说过心里话！写这感受时，我已泪流满面。自从丈夫逝后，除近亲与合作者知道外，其他亲朋好友都不知道我家发生了这么大的悲痛变故！当初，我本想找懂心理学的朋友来倾诉，让自己的心都有所释放！但倔强的我不肯撕开悲痛的现实，自己扛得很痛苦！第一年，我不知道自己每天是怎么过来的！每晚靠酒精才能入眠！第二年，我才清醒过来，找了律师来处理与合作者的诉讼等所有事情！第三年，我的情绪才较为平静。

今天，我回到海边的家已有十几天了。傍晚，我去看大海，感受到有股精神力量在支撑着自己！也谢谢与我有着相同命运的朋友对我的安慰与鼓励！今晚，我悟到应该开怀自己，去拥抱家人，拥抱新的未来。

2022.03.12

《遗责》

爱人，
你已放下！
永远躺在天边。

痛苦缠我，
难走出断肠的梦魇，
失魂的我举步维艰。

你遗下责任，
让我成为家里的一片天，
为了家的方向，
悲痛不忘向前。

2022.03.20

《音乐呼唤》

生命的无奈，
触动了音乐，
音乐的响起，
灵魂在飘逸。

音乐在呼唤，
我在追逐里，
灵魂居深处，
不愿再醒启。

音乐中，
灵魂震撼起，
在呐喊！
在哭泣！

音乐中，
渗血碎心底，
柔柔心抚摸，
轻轻乐托起。

音乐在呼唤，
沉重的魂体。
缓缓被唤醒，
生命在沿袭！

    * 自从丈夫逝后，我发现自己成了孤独的灵魂！音乐成了我的伴侣，我的灵魂时常与音乐对话，音乐给了我力量，让我对生命有了感知！音乐在呼唤，在唤醒我沉睡的灵魂！音乐在呼唤我那生命的延续！

2022.03.23

《清明随感》

清明将临，思绪浮起。
意识渐增，思念难递。
恍惚之间，已是昨昔。
蒙雨时节，一声叹息。
人去家寂，芳草凄凄。

* 清明节将至，恍惚间，感叹为何是我还活着？我宁愿代丈夫而去！现在的我，只能自我励志走下去，家人还在等着我去照顾。

2022.03.28

*《曙光》

静静的夜，出窍的魂，
梦中的人，遗忘醒晌。
希望的惑，煎熬的苦，
前进曦光，漫漫舒扬。

2022.04.21

伤痛：生命的升华

《孤身》

夜漫漫，
远望天际愁。
情幽幽，
何日是尽头？

孤身独影，
单思成怅惆。
仰月长叹，
今朝叹昔稠！

　*我只身于长夜漫漫望向天边，何时才黎明？曾经的爱已成泡沫
般消失，孤身单影的我，绝望的单相思在自我折磨着。望天长叹！感
叹昔日人旺家兴的美满生活。

2022.04.26

《山与港湾》

曾经受伤的她，
常常躲进大山，
轻轻地与山对话。

山用宽阔胸怀拥抱了她，
静静去疗伤，
将心灵洗刷，
从此不再心沉泪洒！

生活总在肆虐！
她在诉说：
海在倾听、浪涛在答，
海风柔柔地轻抚了她！

情感在波涛中激发，
伤痛用海风来包扎。
她深知山的情怀，
懂涛声的问话！

每次征战归来，
她去拥抱大海，
去依偎大山，
注入新的力量再出发。

伤痛：生命的升华

现在的她，
山与海的依靠已崩塌！
没了幸福的港湾，
殇在咆哮拷打！

现在的她，
看到海已沉没了朝霞，
惦记着山在心中的无价。

她暂停了思念，
痛抹去泪花。
未来只能自己去主宰拿把，
去夯筑家人的港湾与云厦。

2022.05.02

*《魂魄惆》（七绝）

> 花开花落促人愁，
> 刺眼刺心泪水流。
> 梦外梦中多苦楚，
> 幽魂幽魄更怅惆。

2022.05.18

伤痛：生命的升华

**《呼唤》

夜里，
我在寻觅，
那丢失的魂啊！

我在狂奔，
在呼唤！
我的爱人，
你在哪？

我在狂奔，
在追逐你的足迹，
我的爱人，
你在哪？

我想起了，
我的爱人，
你已太累，
已在深睡啊！

灵魂不甘，
在呐喊！
我的爱人，是否听到？
我的呼唤啊！

2022.05.25

**《昔日合影》

我的爱人，
看着我们的相片，
想起记忆中的我们，
昔日是那么的眷念。

我的爱人，
记忆探过画面，
提示过去的我们，
孤独在泪水中蔓延。

我的爱人，
真的好想念，
我的心在你的爱中，
奏着和弦！

我的爱人，
假如没有我们相牵，
那现在的我们，
又是各自怎样的天？

我的爱人，
思念中把你呼唤，
谁能看懂？
血泪撰写的诗篇。

2022.05.26

伤痛：生命的升华

**《折翅》

你是我的护使，
把翅膀留给我，
让我孤独地去飞翔。

你是我的护使，
却把未来丢给了我，
我是只笨鸟，并不想去飞翔。

你是我的护使，
折翅自己，
只为教会我飞翔。

你是我的护使，
把生命交给了我，
让我带着破碎的心努力地飞翔。

2022.06.15

《迷失的魂》诗束两首

《迷失的魂(一)》

思念我的挚爱，怀揣温馨难遂。
思绪轻轻地飞，哀思风中怨怼。
魂魄腾空漂泊，随着时光荟萃。

念想逝去恩爱，沉沦暝暝余晖。
丢失灵魂狂奔，不屈不挠紧随。
迷在黑夜行走，心殇沦陷中碎。

**《迷失的魂(二)》

怀念那幽静，难忘失落碎。
思绪轻轻飘，灵魂随风追。
夜空心飘零，追着风儿醉。

迷恋那遗失，魂追风颠溃。
迷失在夜空，伴着风相随。
冥想随风悴，夜空中沉坠。

2022.11.05

伤痛：生命的升华

六、音乐·恋海·抚伤·诗魂

音乐——

《音乐也悲怆》

当你在浮躁时，
音乐会让你平静思索，
让你避开激流与漩涡。

当你在思恋时，
音乐会勾起曾经爱的火，
使心中的忧伤再次受挫。

音乐的响起，
引起悲怆难以躲过，
不愿触碰音乐电波。

音乐的响起，
把你带入孤独的沙漠，
寻找漂泊灵魂是否复活。

音乐的响起，
会把你的泪水洗落，
总剩下悲伤与寂寞。

音乐响起，
伤悲遗憾我曾来过，
挣扎中，
努力坚强辉烁。

2020.09.23

《**古琴**》（五绝）

抚弦顺指香，婉转沁心扬。

韵律穿古今，纯声感上苍。

* 我用平常心去弹琴时，突然间琴上有股淡淡的香气扑鼻而来，心情瞬间舒畅，才想起原来是金丝楠木琴自身的香气随着音乐让我陶醉。每次弹琴时，琴音与金丝楠木袅袅的香气沁入了神经。金丝楠木的自然香气与音乐完美的搭配，使我沉浸在音乐中不能自拔。感恩老师带我入门古琴。感恩音乐的陪伴，使我感知生命与生活之美！

2021.11.05

《远离抑郁》（五律）

生活初美好，抑郁本无缘。

低落心情致，因病夫祸连。

灵魂常抚慰，音乐治疾痊。

诗意开勤笔，未来问上天。

*自从我看了懂心理学的朋友发的九张抑郁症相关的图片后，每张图片我都能对号入座！我意识到自己已经掉进了抑郁的陷阱里……曾学过半年心理学的我此时清醒地意识到自己抑郁了，我内心是那么的恐惧，又是那么迫切地要自己快点从那危险的黑洞里走出来。我才想起很早前，孩子让我出去交朋友，我凶巴巴地怼孩子："交什么朋友！"现在想起来，那时的我白天黑夜全沉浸在痛苦包围中，天天躲在家里，不想看到别人一家子，到最后讨厌看到人！

自丈夫逝后，我已一年多没去运动，不愿见朋友见人，哪怕是家人与亲人也不愿见，除了见孩子！我的心理早已生病！孩子很早就意识到我不一样了！现在想起来，那时的我让孩子多么伤心与不安啊！后来，是诗赋使我振作起来！是音乐使我的心灵得到了抚慰。

2022.03.14

伤痛：生命的升华

恋海——

《海语》

大海起波涛，静静地倾听。
眺望着大海，心绪则平静。
习习的海风，暂忘却曾经。
好好地活着，寻求弱光明。

忆君的梦境，殇中的痛冥。
残喘的希望，远方的灯映。
意念的坚强，成功的光影。
努力地鞭策，脚下的路径。

　*今天,我又来到海边,看到波涛滚滚的大海,心情有着一种短暂
的平静,那暖暖海风让自己暂时忘却了痛苦,短暂地发现自己原来是
活着,是有知觉的! 最近一年来,我有意放纵自己,休养生息。海浪似
乎平静着,但我的心潮却难以平静,我已痛失丈夫,不能再被悲伤重击
而倒下! 我要怀揣梦碎的心,点燃残存的希望,背负起丈夫的遗责!

2020.12.20

**《海叹》

> 海风轻拂,
> 感知着生命的忧伤。
> 无际的海边,
> 让心绪去飞翔。
>
> 伤心的眼泪,
> 黑暗中的凄凉。
> 微微的海风,
> 轻轻拍打着生命的坚强。

* 每天,我的心灵都在受煎熬,唯独去海边看看大海,才能找到一丝丝的精神依靠。在海边,我很想把自己定格沉浸在过去的幸福之中。但海风在轻轻地拍打,我时时告诉自己:要醒过来! 要面对现实! 面对痛苦! 面对新的生活……

2021.01.17

《海之恋》

海啊！
我们又在相集。
虽然分别不久，
时间仿佛漫长无比。

在你的面前，
我是那么沉静相依。
在你的面前，
没有对与错的相比。

在你的面前，
我找到了自己。
不管到哪，你始终的包容，
是我魂牵梦萦的惦记。

*我在海边工作与成家，年轻迷茫时，喜爱与大海呢喃细语，会对着大海倾诉自己的快乐与忧愁。我很迷恋大海，每次离别大海，总像离开恋人般地不舍与思念，大海永远是我魂牵梦萦的惦记。

2022.05.24

抚伤——

《渴望》诗束两首

*《渴望(一)》

风在起，
雨在滴，
我的思绪，
如水珠飘落在海面上荡漾涟漪。

破碎的心，
如一叶扁舟，
寻觅着你没有叮嘱的远去……

你在哪里？
你在哪里？
那呼啸的风声，
是我撕心裂肺的哭泣！

波涛涌动，
浪花四起，
抹去脸上雨水，
挺腰直立。

纵然苦涩心酸，
斩妖除魔！
驶向成功的彼岸，
永不停息！
用崭新的明天，
告慰你那远去的别离。

《渴望(二)》

从今天起，
风雨停了。
我的爱人，你受苦了，
从此我已经站起！

爱有着摧不垮的定力。
让我用山的耸立，
用海的宽广无比！
抹去你眼中的泪滴。

我们波涛中起舞，
浪花当乐！
纵然苦涩，
妖魔横行为敌！
欲与海浪比高低！
与白云翱翔！披荆斩棘！

* 内心的悲伤与孤独！我化为自己的灵魂与内心在对话,希望曾经的悲伤不再有！灵魂中的我与自己在和解、在相爱,同时也渴望未来的美好,现实中有再多的痛苦也没能挫败我追求美好的信心！通过与丈夫的生离死别,我已浴火重生、凤凰涅槃！困难波折已不算什么,我的内心将更加坚贞,再不会有什么困难可以压垮我！

2022.03.14

伤痛：生命的升华

《盼 / 我来了》诗束两首

*《盼》

从阴霾中蹒跚走来，
仰望星空的眼，
却依然泪流满面。

无数个云雾缭绕的清晨，
望穿星星的眨眼闪现，
哪怕是瞬间。

睁眼，
一切如故，
如梦如烟。

《我来了》

在阴霾前，
你在绝望中等待，
我在雾霾中哭泣。
你遇上了曙光前的黑暗，
我掉进了万劫的深渊里。

我来了，
星星在闪烁，
不是瞬间，
是永恒之时。
我在阴霾中蹒跚而至，
轻扶起你，细说声：
"亲爱的，不再哭泣。"

云雾缭绕的清晨里，
睁眼中，我来了，
让我抹去你的泪滴
一切伤悲已成过去，
如梦如烟的背后，
是美丽的伊始。

　　* 临睡前，我突然想看看这位与我同命运的网友的动态，看到他
2019 年 6 月 4 日一段感人的诗句："从阴霾中蹒跚走来，……如梦如
烟。"我的灵魂深处被触动了，感受到伤痕累累的他的内心无数次对爱
的呼唤与期待，哪怕是瞬间的希望与抚慰！爱之神遥遥无期，我感受
到他的绝望。我也在感伤自己的不幸，我带着共情的心，走进他的意
境里去赋了这首诗，在诗中自我疗伤与抚慰。

2022.04.02

伤痛：生命的升华

《爱的关怀》

爱的关怀与问候，
像春风般的晞阳，
细柔地温暖着心房。

受伤的种子，
在贫瘠土壤里被珍藏，
已有了些年芳。

爱的春风，
微微在飘扬。
爱的甘泉，
缓缓在流淌。

受伤的种子，
慢慢地发芽吐芳。
奔腾而出，
努力在绽放。

*几年来，我处于孤独悲恸之中，难以弥补内心失去挚爱的痛苦！有一天，我在河边看见情侣在拍婚纱照，他们幸福甜蜜恩爱相依偎的样子打动了我，似曾熟悉的爱的关怀与呵护，温暖了我那破碎悲伤的心，爱的甘泉如雨露般缓缓地流淌滋润了我贫瘠的心田……

2022.05.20

《梦醒 / 留下美丽》诗束两首

*《梦醒》

梦中的美好，
触动了诗意般的旋律，
我们在诗中呵护着，
在诗海里拥抱，
沉醉在诗的海洋里……

也许过于美好，
我在诗梦中惊醒。
有点惊慌失措，
最后，选择了逃离，
逃跑中，我怎么哭泣？

也许是曾经的缺失，
我在诗梦中寻觅。
在诗海中陶镕，
潜意识的冷静，
唤醒了失魂的自己。

伤痛：生命的升华

《留下美丽》

你唱和过我的诗，
灵魂在跳跃飞扬，
太多美好在遐想。

你轻抚过我的诗，
血液在奔腾流淌，
诗韵诗意在碰撞。

唱和轻抚，
感知诗季的异样，
花儿娇羞又馨香。

不愿破坏那份美好，
愿美丽的记忆常绿共长，
愿美好在诗海里荡漾。

2022.05.24

《诗的感悟》

在琴声、音乐中，
与自己和解，
平静慢慢去迎光开窗，
与诗共享午餐的阳光。

学会爱自己、爱家人，
自制奶茶，
法棍面包满屋飘香，
融入诗意般的绵长。

此情此景，
诗绪在奔放，
专修诗稿，
笔下流畅。

　　*每天，我都沉浸在琴声与音乐中与自己和解。想爱家人，要先学
会爱自己。在音乐中，我平静了奔腾中的自己，慢慢地去思考……中
午，享用一杯自制的奶茶与法棍面包，是我最享受的时刻。

2022.03.24

**《诗的神奇》

我在尝试
拿起诗人的笔
诗力量在支撑起
把痛苦与烦恼压力
诗的情怀输送出去时
用诗的胸怀去拥抱自己
诗能无限遐想生活美好的意
与未来的启始
诗让人拥有更高的精神哲理
诗如时空灵魂穿梭不羁
诗有着它神奇的磁力
予人强大灵魂意志
寄存美好与哀思
找回新的自己
放下执意

*这几年来,当我痛苦不堪时就拿起笔来把自己的情绪用诗的情怀抒发出去,写诗时有一种力量在支撑着自己!面对丈夫的逝去!自己的心灵已无法承受!心灵与身体都到了快崩溃的极限!这时的我就拿起笔用诗去呐喊!用诗的精神灵魂去拥抱自己!只有自己好起来,孩子才好,家人才好……写诗更能让自己的情绪平静下来,才能理性看待生死离别,才能理性蓄发新的力量,让自己的心灵走出来!让自己暂放下失去亲人的执念,带领亲人逐渐走出悲伤……

2022.05.09

第三部分：寻找心灵的"天火"

一、斗魔

《降魔》

佛是佛　佛道广
魔是魔　魔道狂
佛光照　魔已惶
法义到　魔灭亡

* 自从丈夫逝后,丈夫的有些朋友就原形毕露了。曾经的合作者,变成了恶魔。我要让丈夫的灵魂安息,会睿智地用尽一切方法,让恶魔都得到应有的法律惩罚。

2021.10.22

《庭审在进行》

其中有一次庭审，
我从广州匆匆赶往，
在海边法院对簿公堂，
受疫情影响，
只能视频参与守望，
满腔愤慨不沮丧！

律师针锋相对地较量，
正义与邪恶口诛碰撞。
我的律师勇士般刚强，
证据利箭刺向恶魔的心脏。
法律在闪亮，
信心在沸扬！

* 今天在海边法院开了小小的庭审，我从大广州归来。曾属于小小海边城市的我被定为疫情中高风险人士，只可以线上视频参加庭审。我对这场小小庭审有太多感慨：不为钱财，只为正道，人间魔多，必须扫恶魔、清魔障。感谢我的律师团队，虽有小意外却不失专业水准，小小的我时刻在战斗着，去鼓舞着我的亲人！

2021.12.09

伤痛：生命的升华

**《风暴前夕》

风　没见起
雨　未见下
海　似平静
心　却波澜……

暗流　汹涌
波涛　骤起
风儿　起了
坚定　漫燃……

　　* 这天,海面平静,自己的心里却波澜不止,想着公司很多事情很严峻！在我悲伤心痛的一年里,我没去管顾公司的事情,公司的一切显得风平浪静。然而,公司的资产全被合作者转走了,对手竟然做得万事无瑕。我看着平静的海面,意志陡然坚定了起来！誓要夺回被霸占的资产。

2022.03.02

《斗蛇鼠》

夫猝逝，吾心随。
蛇鼠袭，妻着急。
爱妻妙，来生计。
蛇鼠慌，乱中挤。

2022.03.15

《诉讼与证据》

法律是公正的制裁，
诉讼需要真实的材料出台，
证据是原被告的核心所在。

今天，
被告抛出一证据有备而来，
震蒙了律师，让我半天发呆。

崩溃的我渐渐清醒过来，
与律师探讨思路，
找到了反击的证据所在。

思路豁然开朗，
证据让我们的希望不败。
有了正义照耀的气慨。

2022.03.31

《开庭前后》诗束三首

《庭审前》

期待已久的案件要开庭，
让我看到了胜利的曙光，
忐忑的心像激浪，
呼吸频率在紧张。

正义不会缺席，
相信法律对此案裁量。
多行不义必自毙，
去验证豺狼！

法制逐渐健全，
为社会健康保驾护行。
法律让正义志高气昂，
使恶魔不再猖狂！

《庭审中》

审理每个诉讼的法庭，
是维护正义神圣的地方。
是洗刷社会的心灵之窗，
是社会正能量孕育的蜂房。

||伤痛：生命的升华

庭审历经了两个时辰，
这是没有硝烟的战场。
律师对被告口诛笔伐，
发起猛烈的争辩与碰撞。

庭审结束，
律师汇报战况，
证据使我方见到了正义的希望！
漫步河边息心绪，
斩魔步伐不可挡。

《庭后感悟》

紧张的庭审捍卫了正当权益，
感谢律师为我取得了胜利！
感谢父母亲予我力量的开启！

财富不算什么，
是我造福家人与朋友的意义，
正义让社会健康生生不息！

这些年，
太多痛苦和愤怒无法相比，
与恶魔斗争的信心没有丢弃。

望制裁作恶者的卑鄙。

以诗和散文来记叙,

予世人以警醒回忆。

* 这是我于 2022 年 4 月 28—30 日期间,历经法院开庭前后的心路历程。经过两小时庭审后,律师顾不上休息,马上告诉我庭审的好意向。我知道后有些许宽慰与感动,傍晚去江边漫步,平复自己的心绪。

在这一年半的时间里,我忙于收集证据,就是为了今天下午庭审时我方拥有证据充足而获胜的希望!辛苦了我的两个律师。其实权益对我来说已不算什么,但夺回被吞食的权益,使我可以更多地帮助我的家人,造福我的朋友。

感谢军人出身的父亲,给了我视死如归的气魄!感谢我母亲,遗传给了我对待事情的理性。我已不是过去的我,我只能忘我地去战斗!我的这两三年经历,承受太多的痛苦与不堪!我已准备用余生去战斗,与曾经所谓的"兄弟"合作者打官司,誓夺回被掠夺的权益!中国已是法官终身责任制,我相信法官在充分证据的基础上会秉公裁决,对此我信心满满。虽然我雪上加霜受到了新的伤害,但我仍要让对手因贪婪而付出应有的代价!在此,我以诗与散文的形式告知世人。

2022.04.30

伤痛:生命的升华

*《血在哭泣》

血的画面，勾起昨日痛的怀旧。

血在提醒，那血性斗争在继续。

血在高呼，那是敌人鲜血在流。

血在哭泣，敌我之鲜血在同宿。

血在呼唤，唤不醒嗜血者罪咎。

血在教训，让敌人彻底被擒囚。

　　*今天，我和律师细聊案件的走向，律师向我透露中国的法律现状，有些法律法规不够规范与明细，法官可以自由裁量，我自认为在法律上虽然占理，但对手也会用尽一切财力与办法去利用法律的空子。

　　我感叹，战争该停止了，但对手还在翻云覆雨！双方还在斗争，血已在同流，再斗争下去，血流会更大。可是，我虽清醒，对手却因抢夺了我丈夫拿生命换下的财产而有了更大的财力底气，对手还嗜血沉迷在战争里！我与对手又有一场血淋淋的斗争要面对！

　　我已失去了挚爱挚亲，我已流血又流泪！但我抱着自己继续流血的决心与对手展开一场场生死搏斗的较量！我为报仇，只能让对手流血，让敌人彻底倒下。在这感慨之下，我以残酷的现实去围绕着"血"为主题，把我与对手目前斗争的过程用这"血"诗的形式写出来……

2023.02.02

*《宿梦》

寒意夏日丛生，沉事愁丝愈升。
心向海边飞越，梦落孤帆重征！

　*现在已是有点闷热的夏天了，但我的内心无形中有种寒冷的感觉！最近，与对手的案件应该快有判决的结果了。不安的情绪影响着我，这几天，我很想回海边的家去看看，我又有大半年没回去了，心灵上孤独的冷与终宿的遗愿又在拷打着我时刻保持战斗……

2023.05.20

伤痛：生命的升华

二、励志

*《活着》

> 每天，
> 时刻在逃避，
> 不愿去想。
>
> 时刻，
> 强迫是梦幻，
> 现实，在清醒，
> 悲中殇。
>
> 活着，
> 学着去回避，
> 灵魂在游荡。
> 一时梦幻里，
> 一时现实中，
> 灵魂在碰撞，
> 撕裂中坚强。

　* 每天，我仍想逃避痛苦的现实，努力不再悲伤。可是，常常难以做到！当清醒时，被撕裂的心痛苦不已！为了完成丈夫未竟的重任，我必须坚强地活着！

2020.10.07

《砥行》

白日里，
梦绕中，
全是你生命的绝唱。

笔记里，
文件中，
我在追逐踪迹满地霜。

忆身影，
幻脚步，
仿佛你就在身旁。

神清意醒，
却寻断肠！
你的梦想！
我在延续，在扛！

渗血的心，
不干的泪，
生活已成悲痛的网。

伤痛：生命的升华

梦想在撕裂,
努力学坚强。
痛成了生活,
砥砺中强壮。

　　* 我的爱人啊,在人生旅途中,你突然离我们而去,让我天天日所
思夜所梦,想的都是你留下的一切! 我每天都在整理你的文件,看到
这些,仿佛你就在眼前,特别是看到你的签名,我心如刀割! 破碎的
心,时时刻刻都在渗着血! 为了实现你的梦想,我砥砺前行!

2020.12.02

**《负重行》

年年沉重，沉重年年。
不敢蹉跎，太多牵念。
前程艰险，棘地荆天。
慎行结局，望眼欲穿。

2021.02.17

《涅槃重生》

你已超脱，
我还沉沦在过去的时光里。
思念让我如此的沉睡和低迷。

忆往事，望岁月，
千里芳草凄凄。

如今的我，
丢失了曾经的洒脱与锐气！

涅槃重生，苍鹰换羽，
本应展翅生生不息。

这也许，
还需时光的锻造与洗礼。

　*如果可以替代，我宁愿代丈夫而逝。逝去的人不再痛苦，活下来的人不知道要经历多少个日日夜夜，多少次被痛苦撕裂着……我一直活在与丈夫曾经相依的日子里！如今，自己曾经的坚定与潇洒全不见了！如果想活出新的自己，不知道还要等待多久才能做到！

2021.02.23

《疯痴的醒》

昨日人疯痴，今日心醒亮。

命中曾不堪，注定不平常。

疯痴还继续，肩任未能忘。

人生不遥远，意志更坚强。

* 因丈夫的逝去，我每晚睡前总要喝点酒才能安眠。依赖酒精麻醉自己，有整整一年了。一年后，我才醒悟，感叹自己命运的不堪，注定余生要走很不平常的路。我对酒精安眠的依赖，难以短时间改正过来。但是无论如何，即使是山崩地裂，我肩负的重担责任不能忘却！

2021.02.25

**《故地》

这地方，
回忆太多，
往事历历在目把心锁。
时刻在撕裂爱恋的膜。

不想去影响，
爱延续的焦灼。
学着去逃避，
去抑思，去独酌。

这地方，
要说声再见！
灵魂飘飘如镜破，
洪荒而至被淹没。

这地方，
要说声再见！
竖起帆，掌起舵，
暂让碎片心绪去停泊。

　*海边,在我的脑海里保留着太多美好的回忆,时常令我破碎的心被撕裂着！我很想忘却过去,很想去逃避,但又很期待开始新的生活,又想保护好亲爱的家人！我在收拾行李离开海边时,却又放不下那曾经的爱恋与情怀……伤心的思绪又涌上了心头！

2021.02.26

《顿悟》

短暂逃离，感悟顿醒。
生离死别，喜悲笃定。
劫后余生，黯履使命。
延爱重责，负重前行。

　　* 我的灵魂几乎每天都处在躲避现实的状态中！有一天，自己突然有了感悟：人总有一死，不能太悲观地去面对生离死别。我很想做个没有情感的人，以平静的心态走完余生，只为实现自己所承担的使命！

2021.03.04

伤痛：生命的升华

《红杜鹃》

怒开红杜鹃
血色的花瓣
令我痛思忖
渗血破碎心
撕裂中坚韧……

说声再见时
海还是那海
人已非其人
花红人深沉
撕裂中前进……

＊我身在海边的家中,时刻怀念与丈夫幸福生活的时光。看到美丽杜鹃花盛开的瞬间,想起丈夫的逝去! 自己的心还在渗着血,像极了血红色的杜鹃花。看到这些熟悉的事物,逃避不了刻骨铭心的甜蜜回忆。景与物依然还在,我却已经不是曾经天天开心快乐的自己了。我要设法努力让自己走出来,为孩子、为家人送温暖创财富,我要从悲情中活出光彩。

2021.03.28

*《微弱的光》

努力地活，去闪亮着，
点亮小家，照亮黑暗。
那是对家牵挂的意愿。

虽已登场，一生短暂，
唯恐遗憾，怕说再见。
盼早点实现家的牵念。

担心着那，微弱的光，
生命有限，意志可坚。
努力去照亮家的港湾。

2021.05.08

伤痛：生命的升华

*《微星闪亮》

残缺的灵魂，努力地去闪亮。
微弱的光芒，照亮爱的方向。
人生短暂苦，夜寒风凌晨霜。
竭尽洪荒力，无惧再恐凄凉。

* 两年来,我努力控制自己不能生病,神经过于紧绷! 十天前,我与律师商谈,也是两年来我的心情最为释怀的一次。这天之后,我重感冒了,晚上,我的鼻子不能呼吸,红眼病也同时来袭,先左眼炎症,再到右眼炎症。这次生病把我两年来的心病痛苦都释放了! 我躺了几天,喝了几天稀饭,我又活了过来。以后的路,恐怕都不会再如阴雨灰暗天了! 我愿做颗微弱的星,去闪亮、照亮身边的所有……

2021.05.09

*《魂失》

食欲起，烦恼散。
肢壳唤，魂魄断。

前方路，长漫漫。
意志在，何惧远。

* 这两三年来，我几乎每天都没有好心情，肚子饿才有知觉，吃东西的那瞬间才感到短暂的快乐，只剩肢体空壳，灵魂早已丢失！人生路，漫漫长，只要我们有志气积极拼搏，再远的路也无所畏惧了。

2022.01.20

伤痛: 生命的升华

**《殇途》

漫漫长路，
走过了伤悲，
人生几回？
寻寻觅觅为了谁？

遥远又陌生，
徘徊且艰瘁。
音乐带雪寒夜归，
一路紧随风而追。

悠扬的旋律动心扉，
震憾灵魂满面泪。
然——
梦已破，心已碎。

往事成殇心悲随，
尝试沉静与乐陪，
哪怕梦破心已碎，
随着旋律飞一会。

　* 人生旅途坎坎坷坷、跌跌撞撞，还要经历痛失亲人的伤悲！但是，无论跌倒多少次、悲伤多少次，都要勇敢地面对！哪怕人生多么艰难，希望多么渺茫，都要坚强地站起来，继续往前！

2022.04.27

《重拾坚定(一)》

导师的话语雷霆灌耳亮响，
是对我的肯定和鼓励的力量！
那声声言语，深沉而果断。
爱惜与关怀，倾泻而铿锵……

我被触动了，内心被点亮，
感动的泪水饱含着梦想。
诗魂被唤醒，
诗灵有了生命的影像……

我要深藏，
那曾经的爱。
寻觅新的自己与力量，
只为托举家的方向……

我要丢掉，
那曾经的踉跄。
感谢导师！恩泽如山！
让我有了重拾坚定的倔强……

我在沉静，
酝酿着坚强。

伤痛：生命的升华

山川为我沉寂等待，
河流有了改道的意向……

我要释怀，
那幸福的不圆满。
用我余光努力去闪亮，
重启征程！展翅去翱翔……

《重拾坚定(二)》

释怀逝去的苍凉
努力重建新的我
托举那家的方向……

放下曾经的踉跄
收获大爱的凝聚
重拾那坚定力量……

人儿沉静正酝酿
山川早已在萧寂
河流呈改道征象……

余光继续在闪亮
幸福注定不圆满
展翅勇敢再翱翔……

*单导的话语：

你的发挥不是"过于自由"，恰恰是充满真挚感人的情感，这是你的诗最具灵性最有特色的一点，这一点不可放弃。需要补正的主要是，音韵感和在激越的情感高峰中倏然峰回路转出现一些必要的理性和哲理性的词句，会使诗更具有一种内在的魅力。这两点，你一定要意识到，这实际是我所设计也希望你达到的第二个阶段——质的飞跃——的目标。

一个优秀的诗人，就要像贝多芬和他的不朽乐章：当曲乐充满激情，音符触动情感激越澎湃时，会令人激昂振奋甚至催人下泪；又忽而一片宁静，在曲乐委婉低徊中，使人沉静沉思，给人以无穷的回味。

工律的音韵与丰富的语汇是必须的工具，但深邃的思想、丰满的情感与启迪精神思想的睿智哲理，此三者是诗词之神萃与灵魂。你有这种敏锐和灵气，现在需借此进行文化"修炼"，提升诗词境界与魅力。

切记！

我：谢谢导师！

读完您这段话，我感动，泪流满面……您不愧是我的导师，您懂我，更懂我诗的情怀，您在帮助我！您在教导我，使我意识到缺点，让我有质的飞跃……

我再多的缺点，在导师的眼里还是可塑的。这让我想起了我的老父亲，在父亲的眼里我也一定是行的。导师明知我的缺点，仍总是用肯定与鼓励来鞭策我。导师，您这深情的赐教恩泽如山，让学生我惭愧。我只能竭尽全力，用佳绩报答师恩。

2022.10.27

伤痛：生命的升华

三、亲情

《手足之情》

夜迟眠，早未安，轰鸣噪声令人烦。

被吵醒，探究竟，老姐扫帚指江山。

小院内，大树冠，阳光被树挡一边。

绿化队，来整容，削枝引光照房间。

姊妹情，关爱细，*丝丝行动独自干*。

瞬然间，心感动，亲情陪伴如大山。

* 昨夜，我晚睡，今天一大早被轰鸣声吵醒，在轰鸣声中我已不能再入睡，起床后看到老姐拿着扫帚像在指点着江山。原来是哥姐怕我在屋里看不到阳光，叫了专业园林工人把小园里的大树冠全削去。哥姐明白，面对失去挚爱的我，再多语言已无力，只能尽一丝丝行动，让一缕缕阳光与温暖送到我房间里，那瞬间我强忍内心的感动！爸妈已仙逝，兄弟姐妹情永续。真诚地感谢家人的厚爱，感恩兄弟姐妹血脉相连！

2020.12.15

*《亲情永在》诗束两首

《亲情永在(一)》

亲情是细雨，
洗刷痛苦，
滋润幸福。

亲情是春风，
吹走孤独，
带来醒苏。

亲情是阳光，
驱走霾雾，
留下清曙。

《亲情永在(二)》

爱已逝，
伤悲成常事。
家人关爱无计施，
迷失方向痛苦至。

时过载，
被催暂停惴凄，

伤痛：生命的升华

曾经的合作者，
早已染指财产急。

我忘记对家人关爱，
自疚满怀歉意，
亲人自舔伤不易！

感谢家人的关爱励志，
让我的眼睛变得锐利，
凝聚亲情重崛起！

* 致家人们的道歉信！

　　这几天，我自己有些感悟与道歉想向家人们倾诉：在丈夫逝去的头一年，我独自悲伤，迷失了对家人的关心！家人们也都在独自舔伤！我更是迷失方向，让可恶的合作者有了可乘之机，持续吞食霸占本属于我们的财产！这一年，我醒悟了，化悲痛为力量！要争取夺回属于我们的一切。我的后半生将以此而斗争到底！

　　希望家人们不要独自悲伤！想想我的丈夫在世时，他是很幸福的。我们要更努力地生活，这样才对得起逝去的亲人，对得起我们自己，才能慢慢抚轻爸妈的失子之痛！以后，我会尽我最大的努力为家人分担痛苦与困难。

2021.11.06

*《爱》

一直以来，
夜是孤独，
啼血的心，孤寂的船。

一直以来，
失去最爱，
遗忘了爱与思考的全。

最近，似平静，
心绪始思考，
暂停失去挚爱的执念。
幸有家人，导师，朋友，
爱无处不在身边。

细看身旁，
有很多温馨与陪伴。
哥般的包容，
姐般的关怀。
静静在等待，
默默在奉献。

感恩你们！
我已站起！
勇敢把伤舔。

伤痛：生命的升华

让爱的光照亮着家人朋友，
照亮那远航的船。

* 自从三年前我痛失挚爱，我以为已无爱的存在了！实际上，当我稍微离开悲伤的情绪后，便知道周围充满着爱与温馨，有亲人的、导师的、众多朋友的关爱！他们都在默默地陪伴着我，静静地奉献着爱……感恩亲们对我的爱，我已舔伤并勇敢地站了起来！我已在痛苦中成长，将努力拼搏，让爱的光彩照亮家人与朋友们……

2022.05.30

四、敬师

*《导师的叮咛》

导师叮咛常在，
诗可激发斗志、舒展情怀，
让人积极创造美好未来。

诗宛如幽灵，
当你坚强时，
它会鼓舞你坚韧不衰。
当你脆弱时，
它会吞噬你沉于茫茫人海。

诗让你痴迷，
沉醉在浩瀚的诗海，
让你久久不愿醒来。

我践行诗缘，
已醉在诗海，
在诗的海洋里自由绚彩。

2016.04.07

伤痛：生命的升华

《导师的教诲》

我并不想迟眠，
总在夜深时把事情回顾，
思绪如此清晰不再模糊。

想起导师的吩咐：
"你心中有万匹马在奔腾，
学会平静，做好一事已是满足。"

迷茫时，
总想起导师的关心和帮助。
导师总抽空过来，
和我们聊聊与嘱咐。
鼓励我写，
书的"命题"更显导师谆谆哺辅。

我迟豫不敢，
导师笑笑不再说什么。
可见导师对我的期望用心良苦。

冷静处事，写好诗，
惦念与心怀感激：
"一日为师，终生为父。"

2019.09.04

《四姑娘》(七绝)

(*难得的师生聚会,我的导师单元庄教授随兴给我们四姑娘写了这首诗!)

> 尘寰商海总苍黄,
> 书苑觅真拒孔方。
> 传道授业存古意,
> 情怀质朴"四姑娘"。

*我自己对导师单元庄教授的七绝诗进行解读:

"尘寰商海总苍黄",单导感慨我们四姑娘的经商不易。

"书苑觅真拒孔方",单导要求我们四姑娘保持读书人自身的风骨去追求真理,绝不能盲目追求"孔方兄",打破我们自身的信念。

"传道授业存古意",单导把从古至今、现在至将来、人性的定型、政治的走向、经济的趋势、将来会是怎样的发展与状态解读给我们听,单导保持了师者对我们的初心。

"情怀质朴'四姑娘'",单导感慨现实的洗礼与磨炼,没能褪去我们四姑娘自身的优秀与质朴的初心,单导以有我们"四姑娘"作学生为荣!

2022.02.25

伤痛:生命的升华

《不迷孔方兄》

商海苍茫战火天，
姑娘未对孔方馋。
作诗撰赋掘真意，
怀璞追清立众前。

* 我冒昧唱和一首。

2022.02.25

《导师·四姑娘》

单导见我开口就问：
"你写的诗呢？"

拜会导师，姑娘修文。
齐聚海边，共学言论。
良师益友，和睦谦逊。
博学多识，思维锐敏。

单导教学，善诱循循。
文化礼仪，说古论今。
中西贯通，由浅至深。
融会合体，字字如金。

人性心理，解析超群。

国内政经，细观酌斟

面授机宜，人静夜深。

依依不舍，师生情深。

*《不舍》(七绝)

眷眷之心何所依，

师生荟萃盼归期。

青衿*汗下*才疏浅，

来日珠玑出彩熹。

*指学子,单导的学生。

*指惭愧。

* 早几天,我知道导师到了珠海,少了我的"四姑娘"早与导师聚了两回。导师这次远道而来,近在广州的我也该赶回见见导师。非常感谢导师一直以来的教导与训诲。

因开长途车而迟到的我,进门时背着大大的琴盒,导师吃惊地看着我,询问那是什么? 我说是金丝楠古琴,太贵重,不敢放车上,车上还放着大提琴呢! 导师带着关爱轻声问我:"你写的诗呢?"从导师的细问,我感受到关爱与鞭策,我在惊愕中马上悟到导师的良苦用心。我不好意思地说:"还在写,还在写,写少了……"我的内心深处,觉得自己没有做到导师对我的期望! 导师听后马上从音乐聊了起来,聊到音乐的精髓。不愧是导师,无所不通。

伤痛:生命的升华

晚饭间,导师只顾着对我们教诲,忽略了饭菜的美味!导师忽然问我:"以前训了你四十六分钟,什么感觉?"我笑笑说:"没感觉。"导师笑着说:"脸皮厚!"我们四姑娘哈哈大笑了起来。导师从古到今、西方与东方文化礼仪的区别开始,讲授了人性心理学的年龄定格,国内外的政治经济、未来走向等话题,并嘱咐我们要注意与注重的关键点!导师最后叫我们四姑娘自己总结最近这几年所做的事。

今晚,是我这几年最开心的夜晚!突然有了想让导师多来珠海,多待几天的愿望,我们应多聚聚,多聊聊,多受教诲。从导师身上,我能看到的永远是闪光点,导师是我学习的好榜样!我们从晚上七点聊到半夜近十二点,太多的话题要讨论……最后,我们依依不舍地告别,期待下次再相聚!我很想和导师说:"我以前的试卷只是合格,期待下次交卷获高分!"

2022.03.01

*《撕裂的灵魂》

要更忙了，
答应导师把诗集推进。
诗稿要归类，
尽快把框架理顺。

导师如父般的关爱，
不断鼓励与首肯。
盼"丑小鸭"早出诗集，
别再蹒跚，要前行准稳。

诗的内容，记录伤悲与坚贞。
每次撰写整理，在撕裂着伤痕。
诗境里，字行间，
留下辉煌及低谷的灵魂。

2022.03.16

伤痛：生命的升华

《我的导师》诗束两首

《幸遇导师》

单导是慈祥和蔼的长辈，
满头银发。
更是饱学鸿儒的学者，
使人感到可敬沐嘉。

十多年前，
恰逢研究课题解答。
单导时任指导老师，
有幸拜师于门下。

论文撰写，
我心无写法。
单导主动关心，
赐教主题方向契洽。

用墨之时方恨少
如何开启思路的门阀？
单导谆谆教诲、循循善诱，
令我醍醐灌顶启匙匣。

导师严谨治学，
专业知识给予解答。
锲而不舍撰论文，
督导笔耕，师恩无价。

《鼓励出诗集》

指点文字为赋诗，
把情感化为珠玑。
把欢乐伤悲汇成诗篇，
令人悦目，心旷神怡！

齐聚诗束，
如珍珠颗颗被串起。
记录着人生的经历，
叙述着激情、坎坷、悲凄。

导师谆谆叮嘱，
架起文学艺术的天梯。
鼓励我出诗集，
抒发未来的不屈与刚毅。

爱人虽已远去，
他不朽的精神与诗相依。
让诗意如修剪后的鲜花，
绽放着希望与美丽！

2022.05.28

伤痛：生命的升华

《北奠公恩重若山——醊祭何炼成先生》

（＊6月18日下午，我突然看见单导的祭奠恩师诗文，惊闻我国著名经济学家、教育家何炼成先生仙逝。）

> 音容倏远顿潸然，北奠公恩重若山＊。
> 传道精思弘社稷，学识垂范士林间。
> 点石箴论勒石室，授业提携育后贤。
> 心仪襟怀昭日月，宗师千古驻尘寰。

＊今晨忽闻吾之恩公著名经济学家、教育家何炼成先生仙逝，痛甚。我于先生虽非直接师承，然作为同业后学先生于我之教诲提携，特别是我在西北工业大学破格晋升副教授和到特区后提升正教授均是由他与同样于我多方教诲的著名经济学家、北京师范大学教授陶大镛先生共同举荐，铸就我一生学术道路。

又；1978年我参编许涤新主播《政治经济学词典》时曾陪伴陶先生多日及日后有多方往来。

单元庄

2022.06.18

《送先驱》(绝句)

（*惊闻我国著名经济学家、教育家何炼成老先生于 6 月 18 日辞世,学生冒昧赋诗祭先辈。）

何公仙逝英名在,
先辈传承文脉驹。
单导领衔来祭奠,
学生甚痛送先驱。

《谢师恩》

单导,我的导师,
让我懂得了生命的真谛,
是我人生道路的天梯。
他慈父般的关爱,
不辞辛苦、谆谆启迪,
让我勤学夯实根基。
是我亦师亦父的领路人,
师恩重山兮。

感恩何老前辈与陶大铺泰斗,
对单导的教诲和爱惜,
共同举荐与勉励。
感恩前辈的千钧之力,

伤痛:生命的升华

铸就单导鹏程万里。

陶何前辈虽已去，

然！治学育人出晨曦，

崇高精神仗天地。

　　* 我的导师单元庄硕导，虽非直接师承何炼成老前辈，但承蒙何老前辈多次教诲提携。何老前辈还携手著名经济学泰斗、北师大教授陶大镛老前辈共同举荐勉励，铸就单导一生学术鹏程。何恩师是单导学术道路的引路人！单导是我的导师，师恩重如山！导师既是我的人生向导，又如慈父般关爱我，更有友人似的探讨与请益，是我亦师亦父亦友的领路人！

　　何炼成与陶大镛两位泰斗，同是单导的恩师，更同是我的尊贵先辈，我的心情与单导的悲伤感同身受！陶何两位泰斗虽已先后仙逝，但他们治学育人的崇高精神永存！华夏文化的精髓，必将通过我们的努力代代承袭。

2022.06.18

第四部分: 复活——我不再是我

一、哲理

《情感与爱》

情感很奇妙，
未进入角色的心房，
你会觉得它好幼稚，
甚至觉得好笑傻想。

当去想它，喜欢它，
甚至迷上它的模样。
这时你毫无意识输了，
爱！有时是一种假象。

爱是什么？
爱是数不清的巷，
人喜好各异，
但爱有共性的方向。

爱会朦胧，
也会异样。
当你痴迷于它，
是缺爱的芳香。

无论去爱与被爱，
岂能忘相互欣赏，
岂能忘自信互尊，
岂能忘爱的方向。

2016.04.06

伤痛：生命的升华

*《小船》诗束两首

《小船(一)》(五绝)

随波逐浪急，摇曳让人息。
弱小增忧色，观船启智梯。

《小船(二)》

波涛汹涌湍急，
小船逐浪而逆，
摇曳难憩止，
让人担忧屏息。

小渔船，
在衬托大海的点滴，
斜阳高照小船低，
犹如人生是此棋。

2018.01.28

《人生无常》

见过大病，健康为赢。
历经磨难，期盼安宁。

生活贫瘠，向往富盈。
财务自由，返朴归真。

你若阳光，天空明净。
你若灰暗，世道无情。

身心健康，障碍归零，
情绪灰暗，负面难瞑。

正常事情，难料不平。
平常心绪，人生憧憬。

2019.07.21

伤痛：生命的升华

*《跳跃的音符》

当你　用音乐的心境去观察，去欣赏。
你会发现，
生活是跳动的音符奏响的乐章。

当你　用艺术的眼光去点缀，去欣赏。
你会发现，
音符为你的生活增添华丽的衣裳。

当你　用诗人的角度去涵畅，去欣赏。
你会发现，
诗意的亢奋汇成了优美的诗章。

2019.08.23

*《气质》

有一种高贵，
藏在骨子里，
流在血液中。

平凡的躯体，
端庄的举止，
渗透着灵聪。

有一种高贵，
隐在行为里，
藏在艺术中。

博爱之初心，
追求完美意，
慈悲美所衷。

2019.08.25

伤痛：生命的升华

《诸事难全》

诗无穷尽，爱无止境。
施众难施，拯众难拯。
以人为本，博爱挚诚。

2019.09.09

**《睿智》(首尾相连)

乱中求静，静中寻智
智中不凡，凡中不易
易中求细，细中求精
精中求稳，稳中止乱

2019.12.08

《刹那》

曾经的潇洒。
只是轻轻的一刹那。
过往的成败，
如弹指挥间的昙花。

弹指间，人生在裂变，
无法预测幸福与崩塌，
那怕是生死，
最是人生无奈的一刹那。

2020.02.02

伤痛：生命的升华

*《路漫漫》

人生在追逐中憧憬，
有过茫然季，
有过岁月静。

幸福有时是陷阱，
吞了多少大意心，
麻痹难清醒。

人生未知旅途晴，
风雨绊过多少人？
多少人儿撕裂中前行？

　　* 节假日高速路上的车流几乎都处在高峰状态，慌忙中我选了条车相对少的路走。开车在路上，感伤着自己只顾追逐事业，经历了事业的黑暗期和曙光期。我以为事业和金钱能保证自己家人的幸福。在追逐事业和金钱时，我疏忽了丈夫的身体健康，平时不注意提醒他常体检！我伤心又感慨，原来在追逐幸福的同时，其实有更大的陷阱在等待着我！今天，不幸的我遇到这种惨痛局面，不知世上还有多少可怜的人儿做着与我同样的悔恨事。

2020.10.04

《大院偶遇》

回海边办事与看海，
带着伤悲去感怀，
尽量让心绪放开。
努力地补充睡眠，
心灵感受到少许的畅快。

大院里遇到久违的老奶奶，
她记得我曾帮助过她，
现在的她幸福不再，
对我怀有期待，
希望再得到关爱。

小猫儿蹲在大院的角落，
莫名其妙瞅着我，
流露惊奇的神采。
似乎在问："你是谁呢？"
我只是过客远道而来，
人生如过客，
谁也不例外！

2021.03.25

伤痛：生命的升华

*《痕叹》

　　　　失而独，独未弱。
　　　　叹天远，泣人祸。

　　　　人世间，皆路过。
　　　　忙实事，不枉挫。

　　　　雁远行，留声波。
　　　　轻叹声，曾来过。

2021.10.24

*《人生惑》

刳刳忙　忙刳刳
醒来时　一生愚……

人生惑　惑人生
哭时来　悲时去……

人生戏　戏人生
魂魄丢　叹息郁……

* 前半生,我与丈夫都是忙忙碌碌,我俩都以为自己年轻,没注意保重身体,更没有去做每年体检!丈夫逝去,这是我最为愧疚悔恨的心结!我怀疑人生在世,是不是就是来受苦受难的?我现在更是找不到人生的方向和乐趣是什么,只剩下叹息!人生如戏,有不同的版本,而我却铸就了悲剧的版本!

2021.11.03

伤痛:生命的升华

**《恩义情》

天愚人，折其心，毁其志。
见友人，知其意，惜其义。
尽己力，报助恩，性情执。

* 今天，我见到丈夫生前合作的好朋友。我感叹上天愚弄人，让人魂断心碎，曾经坚强的我，这几年一直被摧毁着意志！好朋友说："有些事一直在我心里放着，如果不去做，我心里会不安。"今天，她把一份属于我丈夫的东西给了我！看着这东西，我哭了。

感谢有她这样的朋友！我将尽自己的能力，报恩相助之人！

2022.01.02

《期始 / 拥抱自己》诗束两首

《期始》

逐追思，夫已离。
痴未逝，只剩泣。
意曾疑，思不启。
时至此，事已寂。
本一体，留下妻。

你已去，自剩凄。
心难止，一生忆。
人生路，已尽力。
事已至，天中意。
我苟存，期有始。

伤痛：生命的升华

* 《拥抱自己》（五绝）

孤独伴旅程，寂寞待天明。

蹲下摩挲己，蛰伏待日行。

2022.05.18

《寻找自己》

当想改变生活，
在追逐财富时，
常会忘记自己。

当遇到压力，
在迷失方向时，
会痛苦挣扎着急。

当有了小成就，
在追逐名利的即至，
诱惑又让人痴迷。

当意外事件发生，
陷痛苦中！在悔恨里！
只剩下那泣血的自己。

* 已是知天命的我，遭遇了中年失去挚爱这个最大的不幸与痛苦！我很后悔自己专注于事业发展和对孩子的培养，而忽视了对丈夫身体健康的关注。我在汲取惨痛教训，反省自己，欲寻找新的自己……我善意提醒大家，要关注自己及家人的身体健康！当我们身体出了重大健康危机时，会悔恨莫及啊！届时，还奢谈什么幸福美满生活？

2022.05.24

二、友情

《祝福／美丽的期待》诗束两首

《祝福》

他来自异国他乡，
遥远彼岸的美洲，
电波飘来了深深的问候。

我淡淡地疏忽着，
出于礼仪回复，
与诚挚的他进行了交流。

他声声真诚的祝福，
我不经意感动怅惘，
情柔轻轻地涌上心头。

*Thank you, Linda.

I also wish you a Happy New Year in 2 weeks!

I hope you are well.

Regards,

M

《美丽的期待》

每年的相约,
她有意地失约,
本守信的她,
成了无奈的失信者。

从美国传来熟悉的声音,
他用缓慢的英语表达思念的真切,
失约阻挡不了情谊的飞跃,
她有点感动与羞涩。

情谊的问候周而复始,
她刻意地遗忘与失约,
并没影响思念美好的歌,
而被永远珍藏在月下的夜。

那残缺的美,
缺憾而凄美!
也许是错过了的时刻,
成就了美丽的期待与不舍。

　　* 我与远在海外的老外朋友的友情之约,常常因我而失约,那纯洁的朋友之情是那么的美丽与真诚。说起来是那么的平淡,但又是那么浓烈的关爱之情。相隔万里的问候与祝福,还是将常常失约的我与他联系在一起,共抒友谊,感到有点意外与惊喜! 中外朋友的纯洁友情,尽管缺憾又凄美,却仍是那么的珍贵与永恒,让人期待与不舍。

2015.04.11

伤痛:生命的升华

《隔洋情谊》

前几天，
咨询好友予事筹备，
遭嗔怪"神龙见首不见尾"。
隔着太平洋，
思念无法瞬时而归，
许久没聊与聚会。

事宜难处置，
朋友越洋电话，
盼给予帮忙解眉。
距万里，无奈与惭愧。
浩瀚大海，
难阻情谊接袂成帷。

* 早两天，我有事要咨询哥们东兄弟，东兄弟说："很久没见你了，你是神龙见首不见尾啊，只有在微信上才见到你的踪影。"我这才意识到我们已很久没见面了。另有朋友打了越洋电话给我，透露事情进展中的很多无奈与棘手！我身在国外，国内事让东兄弟去跟踪进程，想起这些，常为我们朋友间的情谊之深而感到温馨与宽慰。

2015.08.10

《相遇》

有些相遇，
是能量吸引的纯真。
共奔着美好的气氛。

有些相遇，
是完美搭配的成分。
去延伸成功的芳芬。

有些相遇，
是灵魂吸引的藉甚。
我呵护你憨厚勤奋。

　　* 新家装修，我兜兜转转最后还是让自己的同学来装修。家居装修是一项工程，更是一门艺术。我跟进装修中每个设计组成部分的功能与艺术造型的相互协调。同学则细心帮我考虑市场现有建筑材料及配件的特性和功能。

　　在和同学一起打造这个综合装饰艺术品的同时，我提了很多前瞻性的建议，同学也教会了我很多技术性的装修知识，我们在各自不同的领域里相互学习与成长！通过这次合作，新家成了一个完美的艺术品。我感叹，只要人的品性好、爱学习，没什么做不好与不完美的。

2019.10.03

伤痛：生命的升华

《三人行》

林博导是医域界的精英,
没忘记对朋友的挚情,
我享受着她健康的引领。

小季妈成长于军营,
姐姐关爱式的率性,
触动我无限的憧憬。

三人必有我师的清醒,
感恩不尽的挚友之情,
一生学习唯有践行至竟。

＊敬佩博导林教授,为社会培养人才,身为朋友的我享受着她雨露般的关怀。小季妈妈从小成长于部队大院,敬佩她从军的勇气与军二代的风采,和她在一起我享受着她姐姐式的照顾。熟悉的暖流又让我想起许多,三人行必有我师。人生需要不断学习与感恩,我觉得自己要学习与践行的事还有很多。

2021.08.03

*《谢谢你 / 找回自己》诗束两首

《谢谢你》

你的文字里，
我读到了感动与柔情。
你的容颜里，
我看到了不屈与韧性。
你轻轻的细语，
唤醒了我迈不过的冬凌。

谢谢你！
用痛过的经历与挚情，
教会了我坚强与清醒。
谢谢你！
用痛过的智慧柔美情灵，
让我重拾丢失已久的安宁。

伤痛：生命的升华

《找回自己》

请你把破碎的心，
重新拼起，
让伤痛嵌入灵魂，
化作美的记忆。
重新找回，
刚柔并济的自己。

2022.03.11

《诗友人》

看到你背影瞬间里，
内心有种感动。
我跑过去抱抱你，
竟忘记了身后众群体。

在风中，
你轻轻地回拥礼，
那股暖流在心底，
漫漫地涌起。

你的眼神，
我看到映像中自己，
我们时常吟诗赋笔，
诗的韵律那么合拍意。

你的点滴，
似曾熟悉的憧憬，
融入了诗的意境里，
我轻轻地拍拍你。

2022.06.06

伤痛：生命的升华

三、生活

《网购魅力》

618，
疯狂的网购日，
我几乎宅在家。
在网络世界里，
不知大自然的绮霞。

六月里，
我的媚媚娃，
梦想成为大卖家。
我——买买买！
线上交易已是生涯。

感谢！
我的妙龄娃，
让典雅的饰品，
优质低成走进百姓家。

2020.07.02

《我与爱犬》

回到了大家庭，
与爱犬其乐融融。
看着爱犬欢迎我的憨态，
总想拿起吃的让它受宠。

我踩空台阶四肢趴地，
不知明天能否走路从容。
双脚破皮扭崴认怂，
恐需双拐帮助行动。

有抱爱犬回家的冲动，
罢了！
我四处奔波，
你无法安容。

2021.04.01

《犬的心绪》

感觉大脑中，与犬简单同。

抚犬意融融，苦闷暂清空。

心绪如寒冬，情愁遇残风。

2021.04.01

《法棍面包》

法棍面包，
香气四溢，
我的至爱与首派。

细细品味，
令人平和宁静入怀。
暂忘伤痛，
珍惜当下与未来。

享受美食，
难免遇上山寨。
鱼目混珠，
误导味道而感慨。

食物芳香，
熏动了生命的经脉。
感叹生命脆弱的无奈，
重新认知自己的存在。

2021.11.21

伤痛：生命的升华

*《漫步》诗束两首

《河边》（五绝）

河边漫步人，脚下感轻频。
细雨催归路，雾弥背影寻。

《江边》（五绝）

漫步观江景，朦朦掩楼稀。
匆匆追雨悦，心绪未知疲。

2022.05.14

《珠江畔》

弥漫薄雾锁住了江面，
淅沥的雨打湿了江边的草苔。
霓虹闪烁被薄雾掩盖，
模糊了那五颜六色的姿彩。

漫步在珠江畔，
心随景动、绪随心变，
心随着脚步逐渐而明朗起来，
映入眼帘是运动人矫健的身材。

那奔跑步伐矫捷而豪迈，
在绿树丛林中更显轻快，
让情怀融入珠江、汇入大海，
随着运动精神在风起云涌中展开。

2022.05.15

伤痛：生命的升华

四、怀旧

*《归途中》

曾经的家，
童年成长的地方。
在记忆中的眼前，
似乎是一道模糊的窗。

只想回去，
寻寻儿时的景象。
温馨的呼唤，
扬起了心中的歌唱。

记忆中的童年，
有抹不去的忧伤。
上天给的苦难，
造就了如今的辉煌。

曾经的磨炼，
让我学会了坚强与成长，
使我走得更高，
看到了诗和远方。

*　父母已长眠在故乡了。父母不在，自己便是游子，灵魂已无处安放，家乡对我来说已有点遥远与陌生。提前返回家乡去祭拜父母，路程中伤感了起来。回家的途中，一路上回想不断，那是我度过童年的地方，虽然记忆已渐渐淡去，但今天总想去寻找童年曾经温馨的时刻。童年虽然吃了不少的苦，但那是上天让我去经受的磨炼，让我学会了成长，让我意志更加坚强。磨难是成功的阶梯，使我走得更高，看得更远。

2015.03.22

‖伤痛：生命的升华

*《念亲恩》

暗暗的天，
绵绵的雨，
淡淡忧伤涌心头。

慈慈的父，
谆谆的诲，
无惧告别生命休。

亲亲的母，
细细的心，
眷恋生活与病斗。

拭拭泪，
思思嘱，
珍惜生命往前走。

* 今天，又逢清明时节祭祀已逝长辈，给父母亲扫墓。前往途中，路上绵绵细雨，心情悲戚忧伤，脑海里怀想父母亲临终前的言传身教之恩。父亲临终前已病入膏肓，他勇敢地面对死亡，泰然自若地交代后事，安然地告别人生，摆脱病痛对他的折磨与煎熬。母亲晚年身患绝症，住院治疗，但她很眷恋当下的幸福生活，顽强地与病魔抗争，想多活些日子，多多享受儿孙满堂的团聚之乐。父母亲以言传身教的方式告别人生，给我们子孙后代留下了启迪与谆谆教诲。

2015.04.12

*《思念》

寒风中，
我来到海的身旁，
在倾听海的呼吸。
海浪风儿凄凄飒飒，
仰望天空，
星星在忽眨……

海面上，
看似平静如镜。
时儿风儿呼、海浪答，
时儿风浪又互在扭打。
跌宕起伏的海，
亦如人生坎坷泪洒……

沉重的脚步啊！
我在满怀期待，
寄语风儿飞天涯。
让带去我的思念，
远方的亲人啊，
您好吗？

　　* 哥哥出了意外！我见不到他，通不了电话，不知他的情况怎样
了。我担心他精神与身体扛不住！今天，我的心情有点沉重。寒风中，
我又来到海边，想从大海的波涛声中学会坚强，获取心灵的慰藉。我
思念远方的亲人，期待风儿带着我的思念飘摇去远方，问候我的至亲。

2016.01.26

伤痛：生命的升华

《牵挂》

我漫步于海边，
与大海在呢喃。
那柔柔的海风，
能否带去我的思念？

我在雨中寻觅，
寒风吹动情怀的船。
牵挂遥寄远方，
没感觉到寒冷疲倦。

夜的牵挂，
是放不下的帆。
伴我熬过多少个夜晚？
酒催成了睡眠！

* 这段时间，我看着哥哥的房子，因房在人却不能回而伤感。我对哥哥怀着无尽的牵挂与痛苦！怀着对亲人的思念，我漫步海边散心，抚慰自己压抑的心灵。

2016.02.18

《同学相聚》

一直以来，
童年的记忆，
模糊又清晰未改，
常在脑海中徘徊。

少年同学深情地呼唤，
久违的淳朴一拥而来。
使我久久感动于怀！
找到了曾经的风采。

家乡，
让我多了一份
道不明的思念与关爱。
少年的记忆让人期待，
回家的路忐忑又豪迈。

久别三十年后的相聚等待，
留下了无比的感慨！
见面不曾相识，
儿时的风采，
依旧那么可爱。

老师从帅气变成慈长者同在，
蓦然让自己想起：

伤痛：生命的升华

我也是不惑之年的姿态。
师生情谊满满爱的期待。

感慨万千，
欣慰那少女之梦依旧于怀，
儿时的力量在鞭策！在澎湃！
使我坚定地向理想的方向迈开。

2018.08.11

**《穿越童年》

感觉，心不知何故？
惦记着那遥知独行，
在柳风中，
静静地怀想。
在一望无际海边，
凝望着那诗的方向……

心儿，乘着歌声，
早已飞向远方，
奔赴着海的召唤，
去寻觅童年的影像，
去鞭策意念的铿锵……

记得，名师说过：
儿童梦想是什么，
未来就是什么！
记得，儿时的景象，
也许是瞎想……

时常，昨日的艰辛，
冲击今日怅恍。
然，回忆过往，
在那童年的地方，
再做做梦，再瞎想瞎想……

2019.09.15

伤痛：生命的升华

《父女情深》诗束三首

《忆写往事》

今夜静思，
脑海里是父亲在医院的情形，
让我书写往事人生。

慈爱父亲，
早已尘封的青春里程，
是老人家美好的一景。

嘱托忆写，
父亲的往事未敢心轻，
撰写回忆，编整完梦。

《女当男儿》

女儿是父亲贴心的小棉袄，
无论您开心与否，
总与我娓娓絮叨。

父亲深知来日无多少，
提前将重托嘱咐好，
女身男心当傲娇。

慈父仙逝如山倒，

阴阳相隔梦常绕，

往事鞭策心中烙。

《临终时刻》

父亲依俗想移榻客厅，

静待生死离别的时辰，

是人生最悲痛的降临。

嘱托生命的即将终结，

父亲坦然后事的精神，

众多儿女孙辈满面泪痕。

父亲临终前无惧死神，

我伤悲流泪洗尘，

唯续志永叩谢父恩。

＊父亲，女儿我今晚又想念您了……

一、忆写往事

父亲生病时，有天突然大声问我："蒙儿(我的小名)，你不是答应为我写本书吗？"瞬间我明白，原来我哄父亲你的话，你都当真了！几天后，父亲又住院了。父亲你很急切很深沉地对我说："我已感觉自己

伤痛：生命的升华

快不行了,你赶紧把我的经历写出来,让子孙们记住……”那时我才意识到父亲的智慧,你的病情我是瞒不过去的了!但我还是什么也不说,每天去医院陪伴父亲,拿着笔和纸,听父亲缓缓地诉说自己的童年、成长与经历的往事,我一字不漏地如实记录着。

后来见父亲的病情很不乐观,我匆匆忙忙地去把回忆录打印出来,只为了父亲的心愿。父亲你叫我把回忆录念给你听,听完后很高兴地说:“你真聪明,把我的往事一字不漏地写了出来。”父亲还刻意嘱咐,把有关“仇恨”的故事删除,不想让子孙记住这些仇恨。我轻声回答:“没事,只是如实记录事实而已,我会教导他们的。而且您的子孙全世界游学,有着大智慧与远见。”

二、女当男儿

从我年轻时起,父亲就把我当作男儿来培养教导,父亲你所有的不开心的事都会与我诉说。当我把解决问题的办法告诉父亲时,父亲的表情是那么的惊讶!父亲你惊讶我能轻松解答你的难题。

后来,当父亲意识到自己时日已不多,就对我交代了后事的安排,叮嘱了遗愿。我静静地说:“你的遗愿我会安排,直到为你全部完成为止。”生病中的父亲放心地笑了,笑容是那么的灿烂与童稚可爱。原来,我在父亲的眼里,似乎是无所不能的!

父亲你曾把所有儿女都评说了,这个儿女的缺点,那个儿女的不放心……然后你说:“我最放心的是你。”我感到诧异,问道:“你为什么最放心我?”父亲笑笑说:“你十岁时,就已经让我一辈子最放心了!”后来,父亲就和我讲了我十岁时候的故事……

三、临终时刻

那天,父亲意识到自己快不行了!当二姐问:“父亲您是不是想在大厅躺着?"已不能说话的父亲,居然还伸出了大拇指来夸奖二姐能明白他的意思。那时的我已哭成泪人!我为父亲的坚强深感自豪!军人意志磨炼了父亲,从病重到快不行,居然一直坦然地面对,从不在我们面前流眼泪,哪怕是多么不舍得离去!父亲用军人本色面对生死,是那么的沉着冷静!也许,你是不愿让我们儿女子孙们过于痛苦!

父亲,请相信我吧,我要以你为榜样,面对艰难困苦也要努力无憾地活着,不惧生死,珍惜现在,珍惜所有。

2019.09.27

伤痛:生命的升华

痛的感悟与思考

　　伤痛使人反省,我以最残酷的方式被教育要爱惜健康,健康永远是人生的首位,有健康才有根本,才有奋斗的基础!关于爱情,我不再多想,失去了今生唯一挚爱,已是我一辈子的痛与遗憾,至今仍无法从悲痛里释怀。我已不是我,只想用支离破碎的灵魂守住曾经的美好和家人,爱天下的一切美好!恨天下的一切恶!

　　我还有很长的路要走下去。过去从不敢相信自己有朝一日能出诗集,感恩一直支持与鼓励我的亲人与好友,感恩导师对我出诗集的认可,让我重获人生方向和希望!让我有对精神境界的追求!让我拾起勇气去做梦并将其实现……我经历了生死大悲,曾经的快乐已随丈夫而去,再也不敢回忆温馨,那些曾经已是心殇之地!唯有砥砺向前,带着音乐与诗,修炼前行,悲喜同呼吸,努力成为一个艺术家——虽然我还不够格。

　　我有两种人格特质,一种是企业人格,一种是努力做文学的人格。正是在从管理者人格转换为艺术家人格的转变过程中,我从痛苦中走出来了!我想通过这样一个案例告诉社会,人生就是喜与悲,它是永恒的一个规律。人们都爱欢喜,不喜悲伤。人们享受着兴奋与高兴,却不会更深刻地去思考它。伤痛使我们的人生遭受灾难,使生灵涂炭。而,恰恰又是伤痛使人思考得更加深沉!伤痛使人类反省,伤痛使人类进步!所以说,伤痛和血泪是人类文明进步的摇篮,亦是这本书想表达的内涵。

2024.08.23

跋

这部诗集即将付梓,我的心情很不平静,一是兴奋喜悦,通过单教授的指导、朋友的帮助、自己的努力终于有了阶段性的成果。随之而来的另一种忐忑情感,就是自我感觉到没有把文学艺术的宽度、广度、深度以及诗的雄伟气势充分地展现出来。

在这里需要说明的是,从这本诗集的起缘到现在,在这样一个过程中所经历的一切都让我激动并难以忘怀。在此特别感谢曾经在珠海 EMBA 班的学习,有幸成为著名经济学家、西安朝华管理科学研究院院长单元庄教授的学生;感谢单元庄教授夫人李稚云老师的辛勤付出,指导插图方案;感谢西安朝华管理科学研究院秘书处唐直勇老师对我的学术指导和撰序;感谢好朋友、著名的心理学家陈南生教授对我写诗的鼓励和帮助;感谢好朋友、著名的医学专家林正梅博士对我的关心和帮助;感谢上海三联书店东方月老师的支持与帮助;感谢陆磊明老师的支持与帮助;感谢上海文艺出版社陈蔡编辑的支持与帮助;感谢参与本诗集出版的所有工作人员的支持与付出。

另外,我将在以后的诗歌创作中更加努力地精雕细琢,创作出更多精彩的作品,让读者体会到更深的诗意境界。

陈清莲

2023 年 11 月 22 日

伤痛:生命的升华

封底书评

　　人生的苦与乐、喜与悲是并存永恒的,不同的人要么沉沦,要么崛起。

　　作者用自己的亲身经历,用一百多首诗告诉我们,她走出了一条道路,经历了三个阶段,获得了五大要素,实现了二元人格的转变。

　　她不再是她,原我变成她我。生命得到了复活!

陈清莲诗集简介

　　本诗集记述了作者人届中年陡然遭遇爱人去世、合作者背叛而跌入极度痛苦迷惘之时,借助于能够激活生命原动力和充分表达内心世界波澜激荡的自由诗体,展现自我对人世间的深刻反省、失去亲人与生命依托的伤痛情感,以及抗拒沉沦的思考和决然奋起以一己纤薄之力向道统伦理沦丧的抗争。重要的是,在导师及诗友的激励下,在一定意义上,正是借助于这心灵心声的深沉觅索、酝酿推敲和淋漓率真明快的表达,使得作者的灵魂世界获得了一次觉醒、彻悟、"复活"与升华。自然,也希冀以此亲历感悟,使读者思考同样生命世界的真谛与价值。

单元庄

2024.03.25